Silvio Huonder

Dicht am Wasser

Roman

Nagel & Kimche

1 2 3 4 5 13 12 11 10 09

Herstellung: Andrea Mogwitz und Rainald Schwarz
Satz: Satz für Satz. Barbara Reischmann
Druck und Bindung: Friedrich Pustet
ISBN 978-3-312-00430-0
Printed in Germany

Obwohl ich glaube, dass die Ehe wie ein Boot ist,
gibt es einen Punkt,
wo wir einfach vom Bug springen könnten.
John Cheever, Tagebücher

Nachmittag

1 Wenige Monate, nachdem der Klavierlehrer Gabriel Ballina mit seiner Frau und seinem Kind aufs Land gezogen war, saß er eines Abends zu später Stunde in seinem Garten am Ufer des Julensees. Es war ein nasskalter Oktoberabend, aber unter dem weiten Schuppenvordach war Ballina gut geschützt. Das war sein Lieblingsplatz; von hier aus konnte er den Garten betrachten, den See mit den Lichtern am anderen Ufer der Bucht, und wenn er den Kopf drehte, sah er die dunklen Umrisse seines Hauses, das warme Licht in den Fenstern, und er fühlte eine Ruhe und Zufriedenheit in sich, die er in der Stadt nie gekannt hatte.

An jenem Abend aber wurde er in seiner Ruhe gestört, denn er sah plötzlich etwas Dunkles auf dem Wasser. Das war an sich nichts Besonderes, manchmal schwamm eine Wasserratte am Ufer vorbei, ein Bisam vielleicht. Das Tier schien seinen Bau in dem großen Asthaufen am Ufer zu haben. Manchmal standen Reiher im Schilf und starrten stundenlang ins Wasser, und Blesshühner, Enten, Schwäne und Gänse waren häufiger zu sehen.

Aber das dunkle Ding, das Ballina an diesem Abend auf dem Wasser sah, wurde immer größer, weil es näher kam.

Ballina glaubte zuerst, dass es ein Ball sei, der ans Ufer trieb. Dann wurde aus dem Ball ein Kopf, und dem Kopf wuchsen Schultern, und endlich, als das Wesen aus dem Wasser stieg, schwankend, weil es immer wieder im Morast einsank, war es ein vollständiger Mensch.

Ende Oktober war definitiv keine Badesaison mehr, außerdem fiel seit Einbruch der Dunkelheit anhaltender Nieselregen.

Ballina, der unter dem Schuppendach verborgen saß, wagte nicht, sich zu bewegen.

Es war ein Mann, der neben dem Bootssteg ans Ufer watete. Ballina konnte erkennen, dass er vollständig bekleidet war, mit einem hellen Hemd, vielleicht weiß, und dunklen Hosen, die nass an seinem Körper klebten. Der Mann drehte sich um und blickte über den See zurück, dem er entstiegen war. Dann kam er in seinen triefend nassen Kleidern durch den Garten und ging wenige Meter vor dem Sitzplatz vorbei, ohne Ballina zu bemerken, der regungslos im nächtlichen Schatten saß und den Eindringling beobachtete.

Der Mann ging zum Haus hoch. Als er die Ecke erreichte, machte der Bewegungsmelder die Mauerleuchte an. Ballina sah nun deutlich die nassen blonden Haare und auch, dass der Mann sogar Schuhe trug.

Ballina hatte ihn noch nie zuvor gesehen. Zögernd erhob er sich aus dem Rattansessel und folgte ihm in einigem Abstand auf die Vorderseite des Hauses. Der Mann war inzwischen bereits durch das Gartentor hinausgegangen und hatte es offen gelassen. Ballina trat auf den Weg hinaus und blickte in beide Richtungen, aber der Mann war verschwunden.

Die seltsame Erscheinung war bloß eine von mehreren rätselhaften Überraschungen, welche die Gegend für Gabriel Ballina bereithielt.

2 Als der neunjährige Klavierschüler Nelson Petri verschwand, kurz bevor in der Fischerkirche das Vorspiel der Kreismusikschule stattfinden sollte, wehte ein unruhiger Wind über den Julensee.

Es war fast fünf Jahre später, und es war Sommer, ein Freitagnachmittag im Juni.

Der Wind blies seit einigen Tagen anhaltend stark aus Westen, ließ die Äste schwingen, die Blätter wirbeln und sorgte für anhaltendes Rauschen.

Ein warmer, nervöser Sommerwind.

Die Jule pfeift, sagen die älteren Einwohner dazu.

Wir zugezogenen Berliner, von den Einheimischen etwas abschätzig Buletten genannt, was sich vom B im Berliner Autokennzeichen herleitet, hielten das einfach für eine witzige Redensart ohne tiefere Bedeutung. Wie Großstädter eben sind, wenn sie aufs Land ziehen. Sie finden alles irgendwie noch witzig. Meistens aber, ganz sicher in diesem Fall, ist es alles andere als witzig.

Die Jule pfeift.

Dahinter verbarg sich eine recht makabre Geschichte.

Ich weiß nicht, ob ich den Leuten einen Gefallen damit tat, nach dem exakten Ursprung der Bedeutung zu forschen. Jedenfalls sorgte meine Darstellung der Legende von Müllers Jule, die als Gespenst umging – oder noch immer umgeht, für den, der daran glauben mag –, für einige Unruhe und Zwistigkeiten im Mühlenverein.

Ballina und ich waren Berufskollegen. Wir unterrichteten beide Klavier in der Musikschule. Ballina hatte mir den Kompositionsauftrag zum zwanzigjährigen Jubiläum des Mühlenvereins vermittelt, weil er mit seinen vielen Schülern zu überlastet war.

3 Eine Zwischenbemerkung: Wenn ich hier die Geschichte einiger junger Familien erzähle, die in den vergangenen Jahren aus dem aufgeblähten Berlin voller Hoffnungen in die beschauliche Brandenburger Gemeinde Neumühl geflüchtet sind, dann könnte das eine etwas delikate Angelegenheit werden. Eine Geschichte über Lug und Trug, über Liebe und Verrat, über Ehebruch, darüber, wie jede mit jedem, wie Alt und Jung durcheinander, wie alle in einem dichten Lügennetz miteinander verstrickt sind. Ich fürchte, dass es wenig nützen wird, die Namen abzuändern, um die beteiligten Personen zu schützen oder gar juristische Konsequenzen zu vermeiden.

Aber heikel oder nicht, ich werde die Geschichte trotzdem erzählen. Die Vorstellung, dass ein neunjähriges Kind grausam für die Sucht nach sogenannter Selbstverwirklichung bezahlen sollte, erscheint mir unerträglich. Verbergen sich hinter diesem Wort in Wirklichkeit nicht bloß Langeweile, Egoismus, Genusssucht und die Frustration einer übersättigten Generation?

Je länger ich allerdings darüber nachdenke, desto mehr Zweifel stellen sich ein. Ich muss zugeben, dass bei genauerer Betrachtung und einiger Selbstkritik, was meine eigene Rolle in der Geschichte betrifft, alles etwas komplizierter aussieht. Schuldzuweisungen werden zunehmend schwierig, am Ende wahrscheinlich überflüssig. Vielleicht wird es einfach eine kleine Chronik über die Suche nach dem Glück, das man sich vom Leben erhofft.

4 Nachmittags kurz vor fünfzehn Uhr unterrichtete der Klavierlehrer Ballina den neunjährigen Schüler Nelson Petri. Und zwar in einem Schulzimmer unserer Nachbargemeinde Krugen.

Es war eine Woche vor den Sommerferien. Abends um achtzehn Uhr dreißig sollte in der Fischerkirche von Neumühl das Abschlusskonzert der Musikschüler unserer Region stattfinden. Wir hatten es den Schülern überlassen, ob sie am Nachmittag trotzdem nochmals zum Unterricht kommen wollten oder nicht. Nelson Petri wollte das. Er hatte zu Beginn dieses Schuljahres auf Wunsch seiner Mutter von Frau Haas zu Gabriel Ballina gewechselt. An diesem Freitagabend sollte er eine Ecossaise von Johann Nepomuk Hummel vorspielen. Wenn Nelson es dreimal hintereinander versuchte, schaffte er es jeweils beim dritten Mal, ohne groben Fehler und ohne Zögern durchzukommen. Allerdings würde er das Stück am Abend nur ein einziges Mal vorspielen können.

Sein Klavierlehrer versuchte ihm in der letzten Unterrichtsstunde etwas Sicherheit zu vermitteln, Vertrauen einzuflößen.

«Ja», sagte Ballina, «das machst du sehr gut, du schaffst das schon.»

Nelson nickte kaum merklich.

«Da am Ende des letzten Taktes, die zwei Striche mit den kleinen Punkten davor», fragte Ballina und wies mit dem Finger darauf, «weißt du noch, was das bedeutet?»

Wieder nickte Nelson kaum wahrnehmbar.

«Was ist es denn?»

«Hm –»

«Was machst du an dieser Stelle?»

«Wiederholung –»

«Genau», sagte Ballina geduldig. «Und davor? Dieser kleine komische Schnörkel hier? Was ist das?»

Nelson starrte lange auf das Blatt.

«Das ist eine Viertelpause. In diesem Takt spielst du das C – eins und –, dann machst du genauso lang eine Viertelpause – zwei und – bevor du die Wiederholung beginnst, ja?»

Nelson blickte ihn ängstlich an.

Gabriel Ballina sah aus wie ein südländischer Operntenor. Er hatte schwarze Locken und dichte Augenbrauen, die seine dunklen Augen überspannten wie Fledermausflügel.

«Falls du mal rausfallen solltest», sagte Ballina seinem Schüler, «was überhaupt nicht schlimm ist, was haben wir gesagt, wo beginnst du dann nochmals?»

Nelson schaute ihn wieder an und überlegte.

«Hier», sagte Ballina und zeigte die Stelle, um das Kind nicht unnötig zu quälen, «oder hier. Du wiederholst einfach den Teil, bei dem du rausfällst. Das ist überhaupt kein Problem. Aber das wird sowieso nicht geschehen, nicht wahr, Nelson?»

5 Kinder zu unterrichten braucht Nerven.

Es braucht sogar starke Nerven. Das wissen besonders die Musiklehrer. Die Violine zum Beispiel ist ein schwieriges Instrument. Im Gegensatz zum Keyboard etwa. Auf dem Keyboard lässt sich bereits nach kurzer Zeit, eigentlich schon nach wenigen Minuten, ein Lied klimpern. Sogar mit einer Hand in der Hosentasche klingt es wie ein Symphonieorchester. Das Keyboard ist aber streng genommen auch kein Musikinstrument, sondern ein Abspielgerät. Bei einem gemeinsamen Vorspiel lässt sich das an den Mienen der Kollegen Musiklehrer deutlich ablesen. Sogar die Blockflötenlehrerinnen, sie vielleicht am meisten, ziehen die Augenbrauen hoch, halb belustigt, halb angewidert, und werfen einander verstohlene Blicke zu, wenn der Keyboardschüler nach vorne geht, auf den Einschaltknopf seines Geräts drückt und die Lautsprecher knacken.

Violine dagegen – schwierig. Ich kenne das von meiner Tochter. Da sieht das Kind im Augenwinkel vier dünne Stahlsaiten und soll darauf mittels eines mit Pferdehaar bespannten Holzbogens saubere Töne streichen? Das ist nahezu unmöglich. Wie soll das Kind aus dieser Perspektive die Abstände zwischen den Fingern erkennen, welche die Tonschritte bestimmen? Und wie soll das Kind verhindern, dass nur eine der dicht beieinanderliegenden Saiten berührt wird? Im ersten Jahr produzieren Violinenschüler dieselben Töne wie Fingernägel auf einer Schiefertafel. Die nächsten Jahre haben sie damit zu tun, die Töne exakt zu treffen, besonders wenn es in die Lagen geht. Hinzu kommt die richtige Haltung, das lockere Handgelenk, die richtige Bogenführung, das Gefühl für den musikalischen Charakter eines Stücks und tausend Dinge mehr. Es ist ein böser Widerspruch: Geigenlehrer brauchen robuste Trommelfelle, ein begnadeter Violinist braucht hingegen ein höchst sensibles Gehör. Beides zusammen in einer Person geht schlecht, außer sie findet Vergnügen darin, sich unablässig selbst zu quälen. Für alle Streicher gilt: Wer kein Masochist ist, muss sich entscheiden. Mit einer Geige wird man entweder Musiker oder Musiklehrer.

Mag sein, dass das ein wenig übertrieben klingt. Als Musiklehrer neigt man zu bitterem Spott. Das nennt man Sarkasmus, und der kommt nicht von ungefähr. Es ließe sich einiges erzählen über unsere Bildungsbürger, die ihren Kindern alles, aber auch wirklich alles ermöglichen wollen, Spitzenballett, Chinesischunterricht, Equilibristik, Handball, emotionale Intelligenz, soziale Kompetenz, Kreativität und Musikalität, und dann doch nichts weiter dafür tun, als die Brieftasche zu öffnen. Für diese Eltern ist die Musik unwichtig. Neben dem Gasherd von Manufactum plärrt sonntags eine kleine Nachtmusik aus dem Küchenradio, Köchelverzeichnis Nummer 525, damit ist dann der kulturelle Anspruch befriedigt. Deshalb schaffen die Eltern es auch nicht, ihre Kinder zu motivieren. Sie sind zu faul oder zu sehr mit sich selbst beschäftigt, um mit dem Kind zu üben, und brüsten sich damit, dass das Kind selber entscheiden darf, ob, wann und wie viel es üben will. Und wer ist hinterher für die armseligen Resultate verantwortlich? Wir Musiklehrer. Meistens hören die Kinder nach zwei, drei Jahren wieder auf. Mit mangelnder Begabung hat das Ganze nichts zu tun.

Natürlich gibt es auch Schüler, die zu unterrichten einem Freude bereitet. Das sind Ausnahmen. Jakob, Ballinas Sohn zum Beispiel, ist mein bester Schüler. Musiklehrer schicken ihre eigenen Kinder übrigens oft zu anderen Lehrern. Die Kinder bringen fremden Erwachsenen größeren Respekt entgegen und zeigen mehr Disziplin.

Jakob ist wie Nelson neun Jahre alt. Sie gehen in dieselbe Klasse. Ansonsten sind sie grundverschieden. Jakob ist ein zupackender, schwungvoller kleiner Musiker. Er hat früh erleben dürfen, dass die Musik eine lustvolle, ja geradezu berauschende Angelegenheit sein kann – wenn man die Technik beherrscht. Diese Erfahrung kann man auf jeder Stufe machen, schon bei einem kleinen Präludium von Bach und nicht erst bei Strawinskys Petruschka.

6 Nelson Petris fünfzehnjähriger Bruder Tom war ein talentierter Gitarrenschüler. An diesem Freitag lag er nachmittags um zwei allerdings noch im Bett. Er war morgens nicht zur Schule gegangen. Das hatte niemand bemerkt, weil alle anderen schon vorher das Haus verlassen hatten. Tom fühlte sich beschissen. Es ödete ihn alles an, extrem sogar, er hätte kotzen können. Deshalb blieb er am Morgen einfach liegen. Sein Vater ging zur Arbeit, die Mutter brachte Lieschen, das jüngste ihrer Kinder, in die Kita, um danach den Bioladen von Neumühl aufzuschließen. Die anderen Geschwister, Lara und Nelson, gingen in die Schule.

Tom schlief bis elf Uhr, ging auf die Toilette, spielte danach ein paar Akkorde auf seiner Gitarre, legte sie wieder weg und schaute sich dann einen Horrorfilm auf dem Laptop an. Dann legte er sich nochmals hin.

Bevor alle wieder nach Hause kamen, wollte er allerdings verschwinden.

Tom zog sich an, ging hinunter in die Küche und aß die üblichen Schokoflakes mit kalter Milch. Er bestand auf diesem Frühstück, obwohl seine Mutter jedes Mal ein großes Theater machte, wenn die Packung leer war und er eine neue verlangte. Sie war der Meinung, dass er sich das Junkfood selber besorgen und selber bezahlen sollte. Er aß dann einfach ein paar Tage lang am Morgen nichts, bis sie sich erweichen ließ und irgendwann doch wieder eine Packung nach Hause brachte. Das Kräftemessen mit seiner Mutter gewann er eigentlich immer.

Als sein Blick durch das Fenster in den Garten fiel, auf

die Backsteinmauer mit dem frischgemauerten Grillkamin, packte ihn eine jähe Wut. Er ging in den Keller, suchte eine Weile und fand eine Sprühdose mit signalroter Farbe.

Was sein Vater jeweils am Feierabend und an den Wochenenden in mühevoller Arbeit selbst gemauert hatte, war Feuerstelle, Grillkamin, Back- und Räucherofen in einem. Tom schüttelte die Farbdose und sprühte dann in Großbuchstaben ein Wort quer über die Backsteinwand und den neuen Kamin.

Dann warf er die Farbdose unter den Fliederstrauch und ging weg.

7 Wir beenden unsere Musikstunden immer pünktlich. Würden wir es nicht tun, kämen die nachfolgenden Kinder zu kurz. Zwei, drei Minuten lässt sich überziehen, aber zehn Minuten sind zu viel.

Deshalb konnte Kollege Ballina die genaue Uhrzeit hinterher auch bestätigen: Nelson Petri hatte seinen Unterricht um fünfzehn Uhr beendet und den Raum verlassen, plus-minus zwei, drei Minuten. Ballina führte darüber Buch. Sonst würde er bei zweiunddreißig Musikschülern den Überblick verlieren. Jeden Tag trug er alles ein: Datum, Name des Kindes, Unterrichtsbeginn, Unterrichtsende und die zu übenden Stücke mit Bemerkungen, worauf zu achten war. Ich selbst mache das nicht anders. Ich habe bloß ein paar Schüler weniger.

Die Musikschule ist eine öffentliche Einrichtung des

Landkreises Potsdam-Mittelmark und wird unterstützt vom Land Brandenburg. Ballina ist, wie die meisten von uns, bloß als freier Mitarbeiter unter Vertrag.

Klavierstunde ist eigentlich nicht die korrekte Bezeichnung. Der Einzelunterricht dauert in der Regel nur dreißig Minuten. Wenn es sich lohnt und notwendig scheint, kann der Unterricht fünfundvierzig Minuten dauern oder sogar eine volle Stunde. Einige Schüler bekommen Förderunterricht. Dann sind die zusätzlichen fünfzehn Minuten unentgeltlich. Entschieden wird darüber in den Fördervorspielen, welche die Musikschule einmal im Jahr durchführt. Eine Jury aus Lehrern befindet dann darüber, ob ein Kind förderungswürdig ist oder nicht.

Nelson war nicht förderungswürdig. Jedenfalls nicht im Sinne der Statuten. Das änderte sich auch nicht, als er von Frau Haas zu Ballina wechselte. Nelson war ein schüchterner und eher stiller Junge, der manchmal einen etwas zurückgebliebenen Eindruck machte. Wenn er sich zum Beispiel Weidenkätzchen tief in die Ohren steckte, die erst nach einigen Tagen von der Mutter entdeckt wurden und schließlich von der Kinderärztin entfernt werden mussten.

Auf die Frage, weshalb er das tat, antwortete Nelson: «Die waren so weich und kuschelig.»

8 Ein Kind verschwindet.

Es geht zur Tür hinaus, dann ist es weg. Es taucht einfach nicht mehr auf. Es kommt nie zu Hause an.

Zuerst bemerkt es niemand. Vielleicht vergehen ein, zwei Stunden, bis der Erste sich fragt, wo das Kind geblieben ist. Dann vergehen vielleicht nochmals einige Stunden, bis aus dem vagen Gefühl, dass etwas nicht stimmt, eine furchtbare Gewissheit wird.

Stunden, die wichtig gewesen wären.

So war das bei Nelson Petri, der an einem Freitagnachmittag im Juni verschwand.

9 «Du musst zum Bus», sagte Ballina mit einem Blick auf die Armbanduhr. Es war genau fünfzehn Uhr.

Nelson verabschiedete sich mit einem kindlich schlaffen Händedruck und verließ das Schulzimmer. Das geschah im selben Augenblick, in dem die nachfolgende Schülerin ihn betrat.

Ballina warf einen Blick in sein aufgeschlagenes Unterrichtsheft, las den Namen der Schülerin, Elisabeth Warnewski, schaute wieder auf und sah Elisabeth den Raum betreten. Ein großgewachsenes mageres Mädchen mit langen Spinnenfingern. Sie kam an den Schulbänken vorbei nach hinten, wo in der Ecke das Klavier stand. Ein Klavier der Marke Zimmermann, das mit seinem abblätternden Nussbaumfurnier schäbig aussah, aber immer noch gut klang, hell und klar. Der Boden des Schulzimmers war mit hellbraungestreiftem PVC belegt und wurde jeweils gleich bei Schulschluss um dreizehn Uhr fünfzehn von der Reinigungsfrau nass aufgewischt. Die Wände waren mit Rauhfasertapete beklebt und vor einigen Jahren in einem blassen Gelb gestrichen worden. Seitdem hatten die Grundschulkinder ihre Spuren hinterlassen, die schwarzen Streifen auf Knöchelhöhe stammten von den Schuhsohlen, die Kerben von den Tischecken und Stuhllehnen. Neben krakeligen Selbstporträts der Kinder hing ein großes Plakat an der Wand. Es zeigte eine Art tabellarischen Querschnitt durch ein Seeufer. Der Grund des Sees war von Wasserschnecken, Krebsen und Muscheln bevölkert, darüber schwammen alle Arten Friedfische und Raubfische, Frösche, Lurche, über der Wasserfläche kreisten Mücken, Libellen, Fledermäuse, Reiher und Kormorane. Der Uferboden wurde von Würmern, Engerlingen, Tausendfüßlern bewohnt, darüber wuchsen Gräser und Blumen, von Bienen und Schmetterlingen umschwirrt und umflattert, und Sträucher und Bäume, zwischen denen Rehe und andere Waldtiere hervorlugten, und rechts oben endete das Plakat in einem blauen Himmel mit Schwalben und Raubvögeln und dem fettgedruckten Firmenzeichen eines multinationalen Energiekonzerns.

Während Elisabeth den Klavierlehrer begrüßte und ihre Noten aus der Mappe nahm, verließ Nelson den Raum und zog die Tür hinter sich zu.

10 Hinter der Hecke des Schulhauses blieb Nelson stehen.

Die Klavierstunde war zu Ende. Wieder einmal hatte er das Stück nicht fehlerfrei spielen können. Er konnte es noch nie, und er würde es heute Abend auch nicht können.

Früher setzte sich seine Mutter immer neben ihn, wenn er im Wohnzimmer übte. Jeden Nachmittag nach der Schule zwanzig Minuten. Sie sagte ihm, was er üben sollte, was er wiederholen musste, was schon toll war. Sie forderte ihn auf, ein Stück so schnell zu spielen, wie er es schaffte, und dann so langsam, wie es ging. Nur so zum Spaß, sagte sie. Sie holte sich vorher etwas zu trinken, im Sommer einen Saft, im Winter eine Tasse Tee mit Honig, und zog den Polstersessel neben das Klavier. Das Zuhören machte ihr immer Spaß, und Nelson freute sich sehr auf das tägliche Üben.

Seit Beginn des neuen Schuljahres war alles anders. Seine kleine Schwester Lieschen ging nun auf zwei Beinen, riss alles herunter, kletterte überall hoch. Man konnte sie nicht aus den Augen lassen, sonst passierte gleich etwas. Dann übernahm seine Mutter in der Grundschule die Arbeitsgemeinschaft Kunst und war an zwei Nachmittagen nicht mehr zu Hause. Sie hatte keine Zeit mehr, neben Nelson zu sitzen, wenn er übte.

«Du musst allein üben lernen», sagte sie.

Nelson dachte, dass es ihr keinen Spaß mehr mache, und er verlor die Lust. Früher war es schön zu üben, jetzt war es eine lästige Pflicht. Früher konnte er jedes neue

Stück, das Frau Haas ihm aufgegeben hatte, bereits nach einer Woche. Jetzt musste er bei Herrn Ballina drei, vier Wochen lang immer dasselbe Stück üben, und er konnte es trotzdem nicht fehlerfrei.

Zwischen den Blättern der Hecke beobachtete Nelson die Haltestelle. Er sah den Bus, der summend die schnurgerade Straße herangefahren kam. «Neumühl» stand in Leuchtschrift über dem Fenster des Fahrers. An der Haltestelle stand niemand. Der Bus rollte gemächlich heran und fuhr ohne zu halten an der Haltestelle vorbei. Niemand wollte einsteigen, niemand wollte aussteigen.

Nelson blieb hinter der Hecke stehen und wartete. Erst als das Summen des Busses sich entfernt hatte, trat er auf die Straße hinaus.

11 Viele der Kinder, die in den Klassenräumen der Grundschule Krugen Klavierunterricht bekommen, wohnen in Neumühl. In unserer Gemeinde gibt es ebenfalls eine Grundschule, deren Klassenräume am Nachmittag leer stehen. Wieso, darf man sich fragen, können dann die Kinder nicht in unserer Grundschule ihren Musikunterricht bekommen? Wieso müssen sie mit dem Bus zehn Minuten ins benachbarte Krugen fahren und nach dem Unterricht wieder zurück nach Neumühl?

Die zehn Minuten Fahrzeit wären noch nicht so schlimm, aber der Bus fährt nur einmal pro Stunde. So kommt noch einige Wartezeit hinzu.

Der Grund dafür ist das Geld. Die Gemeinde Neumühl als Schulträger verlangt für die Benutzung der Schulräume am Nachmittag eine Miete. In einer Höhe, die niemand zu zahlen bereit ist. Weder die Musikschule noch die Eltern der Musikschüler. Das würde den ohnehin schon teuren Musikunterricht fast verdoppeln.

Wer sich am meisten darüber aufregen konnte, war Nelsons Mutter. Sanna Petri war eine engagierte Frau, Vorstandsmitglied des Mühlenvereins, Mitbegründerin des Bioladens, Leiterin der Kunst-AG der Grundschule und vierfache Mutter. Dass die Kinder ihr Schulzimmer am Nachmittag nicht unentgeltlich benutzen durften, wollte sie nicht kampflos hinnehmen.

Zu allem Überfluss war eine Woche vorher in die Grundschule eingebrochen worden. Alle technischen Geräte wurden gestohlen, Computer, Beamer und leider auch das neue teure E-Piano. Die Schule hatte es erst vor kurzem angeschafft, um dem Eindruck entgegenzuwirken, dass in Neumühl nichts für die musische Ausbildung getan werde.

Nelsons Mutter wollte vieles verändern. Es war ein Kampf gegen Windmühlen. Die allgemeine Ignoranz gegenüber musikalischer Bildung war auch in der Gemeindeverwaltung zu spüren.

Um es sarkastisch zu formulieren: Seit wann ist Musikunterricht wichtig? Außerdem steigerte eine Regelung, welche die Kinder in den Nachbarort schickt, doch den Umsatz der umliegenden Tankstellen und die Auslastung der Verkehrsbetriebe.

Dass ausgerechnet ein Kind von Sanna Petri auf dem Nachhauseweg vom Klavierunterricht verschwand, war natürlich besonders niederträchtig. Es wäre aber falsch, die lokalpolitischen Entscheidungen für das Verschwinden eines Kindes verantwortlich zu machen. Auch wenn Nelsons Mutter und einige andere das gerne getan hätten. Die Wahrheit ist, wie immer, sehr viel verwickelter.

12 Sanna Petri arbeitete auch an diesem Freitag im Bioladen von Neumühl. Um drei Uhr sollte sie von Annette Warnewski abgelöst werden.

Sie waren vier Frauen, die vor wenigen Jahren zusammen einen Verein für ganzheitliche Ernährung gegründet und den kleinen Laden in der ehemaligen Dorfbäckerei eröffnet hatten. Heute waren sie neun aktive und über dreißig passive Mitglieder. Reich wollten sie damit nicht werden. Es war ihnen wichtig, dass es im Ort gesunde Lebensmittel zu kaufen gab. Und so waren sie selbst neben den zahlreichen Freunden und Bekannten auch ihre besten Kunden. Ein paar Minuten vor drei Uhr ließ Sanna an der Kasse ein Zwischensaldo ausdrucken, zählte das Geld in der Schublade und legte den Kassenzettel mit ihrer Unterschrift in die Metallkassette unter dem Ladentresen. Dann nahm sie den Besen und fegte einmal flüchtig über die Terracottafliesen.

Sanna war aufgeregt. Das lag nicht am unruhigen Wind. Sie hatte etwas vor, wenn sie die Arbeit beendet haben würde. Sanna würde nicht, wie an den anderen

Tagen, um drei Uhr Lieschen in der Kita abholen. Sie hatte bereits am Morgen Bescheid gesagt, dass sie am Nachmittag noch etwas erledigen müsse und Lieschen eine Stunde später abholen würde. Das war kein Problem. Obwohl das Wort «erledigen» nicht wirklich passte. Sie hatte auch ihrer Tochter Lara gesagt, dass sie etwas später kommen würde.

Sanna hatte etwas vor und war nervös.

Pünktlich um drei kam Annette Warnewski in den Laden und legte ihre Tasche und ihre Jacke nach hinten. Annette war mit ihren einsneunzig sehr groß für eine Frau. Immerhin wurde sie von ihrem Mann noch um einen halben Kopf überragt. Annette war die Mutter von Elisabeth, die bei Ballina Klavierunterricht hatte. Der zwölfjährige Sohn lernte Akkordeon in einer privaten Potsdamer Musikschule. Dass die beiden Kinder auch schon beachtlich großgewachsen waren, fiel nur dann auf, wenn sie neben ihren gleichaltrigen Mitschülern standen.

Sanna packte vier Lauchstangen in ihren Korb, außerdem eine Zucchini und einen Salat, der bereits etwas welk aussah, zählte das Geld ab und legte es in die Kasse. Dann verabschiedete sie sich von Annette, nahm ihr Fahrrad, hängte den Korb an die Lenkstange und fuhr am See entlang in Richtung Krugen.

13 Zur selben Zeit, aber etwas oberhalb des Uferwegs, lag Nelsons älterer Bruder Tom auf dem Rücken und blickte in die Äste einer Kiefer hoch. Es war eine mächtige Kiefer mit dickem roten Stamm. Es sah so aus, als würde sich die Kiefer bewegen, als wäre sie der Mast eines Schiffes, das nach Westen fuhr. Es waren aber die Wolken, die sich bewegten, merkte Tom. Weiße Wolken, die gleichmäßig nach Osten zogen. Eine optische Täuschung. Der Stamm der Kiefer blieb stehen. Nur die Wolken zogen vorbei, und die Äste wiegten sich im Wind.

Als er so nach oben blickte und das Gefühl hatte, mit der Kiefer unter dem Himmel dahinzuschweben, wurde es Tom schwindlig, und er drehte sich auf den Bauch. Er passte dabei auf, dass die Waffe nicht mit dem Sand in Berührung kam. Sein Atem hatte sich wieder beruhigt. Er war gerade ein ganzes Stück den Wald hochgerannt und hatte sich hinter der Kiefer fallen lassen. Hier war er geschützt, wenigstens für eine Weile war er in Sicherheit. Er hatte einen kleinen Vorsprung. Vorsichtig hob er den Kopf und warf einen Blick nach unten. Von hier oben hatte er einen guten Überblick. Seine Mütze verhinderte, dass sein blonder Lockenschopf von weitem zu sehen war. Er suchte nach Winnie, sah aber niemanden zwischen den jungen Erlen, Birken und Eichen, die den Hang bewuchsen. Er musste Winnie finden. Sie mussten Blickkontakt haben. Tom und Winnie waren ein Team. Sie wollten die anderen fertigmachen.

Tom wusste, dass es für seinen Vater schlimm war, was er hier tat. Es war schlimmer als das Graffiti, das Tom auf den selbstgemauerten Kamin gesprayt hatte. Schlimmer als Toms Ausstieg aus der Band. Schlimmer als der Verkauf der Gitarre, die er von seinem Vater geschenkt bekommen hatte. Noch hatte er sie ja gar nicht verkauft. Er hatte nur angekündigt, dass er sie bei eBay reinstellen wollte. Das waren harte Schläge für Oschi. Tom war sich dessen bewusst. Aber dass er nun dauernd mit Winnie unterwegs war, gab Oschi den Rest. Er hatte es nicht anders verdient.

Tom fühlte sich besser. Dass er in diesem Augenblick hier im Wald lag und die Waffe in der Hand hielt, das war gut. Es war eine Speedster CL, Kaliber 68. Winnie hatte sie bestellt, Tom musste sie nur noch bezahlen. Er hoffte aber, dass der Verkauf der Gitarre so viel einbringen würde. Keiner wusste, wo Tom in diesem Augenblick war. Das gab ihm ein gutes Gefühl. Und dass es verboten war, was er hier tat, gab ihm ein noch besseres Gefühl. Er allein bestimmte in diesem Augenblick über sein Leben. Entweder würde er gewinnen oder untergehen. Niemand quatschte ihm dabei rein. Zusammen mit Winnie wollte er die anderen fertigmachen. Zu zweit waren sie unschlagbar.

Tom beobachtete die Böschung unter ihm, die an das Gelände der alten Nerzfarm grenzte. Plötzlich sah er zwischen den Büschen eine Bewegung. Er starrte eine Weile auf die Stelle, wo er jemanden vermutete, aber er konnte nichts Auffälliges mehr erkennen. Vielleicht hatte er sich auch getäuscht. Die Büsche winkten mit ihren Ästen im Wind, als wären sie Menschen. Tom war hier hochgehetzt, um eine gute Position zu haben. Die Südstaatenflagge stand etwa hundert Meter seitlich von ihm, aber etwas tiefer. Er hoffte, dass Winnie das Zeichen verstand, das er ihm gegeben hatte. Er wollte ihm von hier oben Feuerschutz geben.

Dann sah Tom den Flecken wieder. Hinter den Büschen ging ein dunkler Schatten vorbei. Da war eindeutig jemand, auch wenn Tom nicht erkennen konnte, wer es war.

Noch war kein Schuss gefallen.

14 Die Gemeinde Neumühl liegt halbmondförmig um das südliche Ende des Julensees angeordnet und hat etwas über zweitausend Einwohner.

Neben dem Bioladen gibt es den Konsum mit einem integrierten Postschalter, die Fischerkirche, die Theodor-Fontane-Grundschule mit dem dazugehörigen Hort und einer Kindertagesstätte, das Haus der Gemeindeverwaltung, eine Handvoll Gaststätten mit Übernachtungsmöglichkeit, wovon die bekannteste das Mühlenhotel mit Seeterrasse und eigener Steganlage ist. Dann gibt es noch die Marina Julensee, eine abenteuerlich zusammengeflickte wacklige Steganlage. An der Straße, die nach Krugen und dann weiter zum Berliner Autobahnring führt, liegen der Fußballplatz mit dem Gebäude des Sportvereins Julensee 1948 e.V. und einige Firmen: Baugeschäfte, Zimmerei, Schlosserei, zwei KfZ-Werkstätten, eine Reifenfirma und ein Gartencenter.

Der Ortsname Neumühl ist etwas irreführend. Der Name ist schon über vierhundert Jahre alt. Er bezieht sich auf eine Bockwindmühle, die bereits im 16. Jahrhundert am Rand der kleinen Fischersiedlung errichtet wurde. Nachdem ein Sturm die erste Mühle zerstört hatte, die Legende über Jule berichtet davon, wurde weiter westlich, auf der heutigen Seewiese, eine neue Mühle gebaut. An der Stelle der alten Mühle stehen heute die Ruinen der ehemaligen Nerzfarm und der LPG Julensee. Die neue Mühle hat bis in die heutige Zeit gehalten und ist erst vor wenigen Jahren mit EU-Mitteln restauriert worden. Sie wird vom Mühlenverein e.V. unterhalten, der jedes Jahr am letzten Maiwochenende das große Mühlenfest veranstaltet.

In Neumühl gibt es zahlreiche alte, aber guterhaltene märkische Fischerhäuser, einige davon mit reetgedeckten Dächern. In der Neubausiedlung entstanden in den vergangenen fünfzehn Jahren einige Dutzend neue Häuser; die neu angelegten Straßen wurden alle nach einheimischen Baumsorten benannt: Eichen, Buchen, Birken, Erlen, Fichten, Kiefern. Obwohl dort außer Jungwuchs nur noch wenige Bäume stehen, wird sie die Waldsiedlung genannt.

Wenn man auf der Straße nach Krugen in der Mitte abbiegt und ein paar hundert Meter durch den Wald fährt, stößt man auf den etwas höher gelegenen Ortsteil Moritzer Heide mit einer Pferdepension und einigen zerstreut im Wald stehenden Häusern. Das größte davon ist das Forsthaus, das von der Familie Reiser renoviert worden ist und als kleines, aber florierendes Gasthaus geführt wird.

Der große Vorteil gegenüber anderen Orten in der Region ist der Umstand, dass Neumühl an der Regionalbahnstrecke liegt. Neumühls Backsteinbahnhof wird zwar nicht mehr benutzt und steht leer, die Fenster sind alle mit Tischlerplatten zugenagelt, aber der Zug hält dennoch und ist achtundzwanzig Minuten später bereits am Berliner Hauptbahnhof.

Was gibt es sonst noch in Neumühl? Ein Sägewerk am nördlichen Dorfausgang und eine Dampferanlegestelle. Von Mai bis Oktober legen hier die Schiffe an, anschließend nehmen sie Kurs havelabwärts Richtung Werder, wo sie noch einmal anlegen und dann auf demselben Wasserweg zurück nach Potsdam oder Berlin-Wannsee fahren.

15 Es ist ein reichlich verwickeltes Knäuel an Fäden, das hier entwirrt werden muss. Geographische Fäden, politische, soziale und vor allem auch persönliche.

Der Klavierlehrer Gabriel Ballina zum Beispiel kannte die Familie Petri gut. Besonders die Mutter, Nelsons Mutter, Sanna Petri, sie kannte er besonders gut. Wer dahinter etwas Bestimmtes vermutet, liegt richtig. Aber einfacher wird es damit auch nicht. Solche Angelegenheiten sind vielschichtig und schwer zu durchschauen.

An der Elternversammlung der dritten Grundschulklasse in Neumühl waren sich Nelsons Mutter und der

Klavierlehrer zum ersten Mal bewusst begegnet. Das war im letzten September, die Schule hatte gerade begonnen. Sanna Petri war nicht zu übersehen. Sie hatte ein Anliegen und vertrat es vehement.

Die Tische im Schulzimmer der Theodor-Fontane-Grundschule waren in einem großen Quadrat angeordnet. An der einen Seite, vor der Wandtafel, saß Fritjof Hacke, der Klassenlehrer. Er unterrichtete Mathematik und Sport, war Anfang vierzig, hatte kurze blonde Locken, stammte aus Neumühl und war selbst schon in diesem Gebäude zur Schule gegangen.

An den drei anderen Seiten des Quadrats saßen die Eltern, hauptsächlich Mütter, einige Väter. Von einzelnen Kindern waren beide Elternteile anwesend. Der Klassenlehrer ließ eine Anwesenheitsliste herumgehen.

«Wenn Sie vielleicht Ihre Mail-Adressen hinzufügen würden», erklärte er, «wäre das für mich einfacher. Falls es mal etwas mitzuteilen gibt. Der Einladung haben Sie ja entnehmen können, worüber wir uns heute an der ersten Elternversammlung austauschen wollen. Ein Punkt wäre die Zusammenlegung der Klassen –»

«Dazu möchte ich etwas sagen», meldete sich sofort eine Mutter.

«Sie dürfen sich gleich dazu äußern, Frau Petri», sagte der Lehrer, «ich wollte als Erstes die Themen nennen, über die wir heute –»

«Ich finde es wirklich unmöglich», fuhr Frau Petri unbeirrt fort, «wie perfide mit dieser Angelegenheit umgegangen wird. Alle sind in den Ferien, niemand ist zu erreichen, da wird hinter unserem Rücken einfach. Bumms werden zwei Klassen zusammengelegt. So geht das doch nicht.»

Gabriel Ballina genoss den Anlass. Es war nett, so viele neue Leute kennenzulernen. Die bisherige Klasse fand er etwas langweilig. Niemand von den Eltern schien Interesse an sozialen Kontakten zu haben. Dass die beiden Klassen nun zusammengelegt wurden, fand er gut. Er empfand es als Bereicherung. Vielleicht lag es auch daran, dass einige der Mütter aus der ehemaligen 2a recht attraktiv waren. Das war nicht abzustreiten.

«Es ist doch klar», sagte Frau Petri. «Größere Klassen bringen mehr Unruhe. Das einzelne Kind bekommt weniger Aufmerksamkeit. Abgesehen davon bin ich persönlich nicht glücklich darüber, dass Nelson nun zusammen mit den Rabauken aus der 2b in eine Klasse gehen soll.»

«Na na, so schlimm sind wir nun auch wieder nicht», wandte ein Vater ein und löste bei einigen Eltern Gelächter aus, bei anderen missbilligendes Murren. Er war groß und massig und wirkte auf dem Kinderstuhl wie ein zu groß geratenes Kind. Alle sahen sie in diesen Schulbänken ein bisschen aus wie Karikaturen.

«Ich meine nicht dich persönlich», erklärte Frau Petri zu dem massigen Mann gewandt, «das darfst du nicht persönlich nehmen.»

«Das nehme ich aber höchst persönlich», gab er zurück.

«Die 2b ist bekannt dafür. Für eine irgendwo sag ich mal», sagte sie, «für eine etwas unruhige Klasse.»

«Bitte, liebe Eltern», unterbrach Fritjof Hacke die Diskussion mit einer Prise Schärfe in der Stimme, «dürfte ich jetzt eventuell vorher bekanntgeben, was an der heutigen Elternversammlung alles besprochen werden soll?»

Es wirkte sofort, alle waren still.

Ballina genoss es. Ihm gefiel der neue Klassenlehrer. Er machte einen coolen Eindruck, wie sein Sohn Jakob sagen würde. Und Ballina gefiel auch die Mutter, diese Frau Petri. Sie brachte Schwung in einen Anlass, der üblicherweise eher langweilig war. Ballina betrachtete sie aufmerksam, als der Lehrer die Traktandenliste vorlas.

Sanna Petri hatte lange braune Haare, die im Nacken nachlässig zusammengesteckt waren, ein längliches Gesicht mit einer geraden Nase, vollen Lippen und einem ausgeprägten Kinn. Wenn sich Sanna erhitzte, begannen sich ihre Haare um das Gesicht herum und im Nacken leicht zu kräuseln. Aber das konnte Ballina an diesem Abend noch nicht wissen.

«Ich werde gleich ein paar Worte zur Zusammenlegung der Klassen sagen», erläuterte der Lehrer, während er Frau Petri scharf fixierte, «dann müssen wir den Elternsprecher und seinen Stellvertreter wählen. Als Drittes werde ich den Stundenplan erklären. Punkt vier betrifft die Arbeitsgemeinschaften, welche die Schule am Nachmittag anbietet. Punkt fünf wäre dann für Verschiedenes vorgesehen, zum Beispiel, ob wir das Klassenzimmer mit Unterstützung der Eltern etwas verschönern könnten. Am Schluss können Sie auch Ihre Fragen anbringen, falls Sie welche haben. Zu Beginn hätte ich aber gern, dass Sie sich ganz kurz mit zwei, drei Worten vorstellen. Einige kennen sich zwar noch aus der Klasse vom letzten Jahr, andere aber noch nicht. Wer möchte beginnen?»

Blick in die Runde, Stille.

«Dann schlage ich vor, dass wir einfach reihum gehen», sagte er und wandte sich an die erste Frau zu seiner Linken. Das war Iris Ballina. Sie hatte keine Schwierigkeiten, vor vielen Leuten zu sprechen. «Mein Name ist Iris Ballina, ich bin die Mutter von Jakob aus der ehemaligen 2b. Ich arbeite als Anwältin für eine politische Stiftung in Berlin, muss also täglich pendeln, aber das ist mir der schöne Wohnort hier wert.» Damit blickte sie auffordernd ihren Mann an, der neben ihr saß.

«Ja, ich bin der Vater von Jakob», sagte er, «Gabriel Ballina, einige kennen mich vielleicht schon als Klavierlehrer. Wir wohnen nun seit vier Jahren hier in Neumühl, in dem alten Holzhaus gegenüber der Sägerei, vielleicht kennt ihr es?»

Kopfnicken, freundliches Lächeln.

«Ich heiße Elli Becker und bin die Mutter von Tim», sagte eine bleiche, nervöse Mutter, bevor sie wieder auf den Einladungsbrief starrte. Nach einer kurzen Pause, in der niemand wusste, ob die Frau mit ihrer Vorstellung schon fertig war, bat der Klassenlehrer den Nächsten weiterzufahren.

«Mein Name ist Alfred Maller, ebenfalls ein Stadtflüchtling aus Berlin», sagte der etwas untersetzte Mann, der zu ihrer Linken saß, «der Vater von Jonas, der übrigens», mit einem freundlichen Nicken zu Ballina, «bei Herrn Ballina Klavierunterricht nimmt, außerdem geht

Jonas noch ins Jugendtraining vom Segelverein und freut sich sehr auf die dritte Klasse. Wir wohnen bereits seit sieben Jahren in Neumühl, ich bin Küchenchef in Dahlem, pendle also auch, aber weit ist es ja nicht – ja, das reicht.» Damit gab er das Wort weiter.

«Fritz Reiser, Sofia heißt unsere Tochter», sagte kurz angebunden der großgewachsene Mann, dessen Akzent den Rheinländer verriet, «mach du weiter», forderte er seine Frau auf, als wäre ihm das höchst lästig, worauf alle lachten.

Seine Frau lachte vergnügt mit, bevor sie sich vorstellte: «Ich bin Christine Reiser, in Krugen geboren und aufgewachsen, eine Eingeborene also, und arbeite als Bauingenieurin in unserer Firma.»

«Dat is korrekt», bestätigte ihr Mann, womit er wieder einen Lacher verbuchen konnte.

Die nächste Frau kannte Ballina bereits, weil er ihr Kind unterrichtete. Annemarie Quast war Hausfrau, wie sie sagte, ihr Mann Thomas war Bühnentechniker am Hans-Otto-Theater in Potsdam. Ihre Tochter Luise hatte gerade erst mit Klavier angefangen und teilte sich eine halbe Unterrichtsstunde mit Michelle Frohmer, deren Mutter auch hier war. Antje Frohmer arbeitete als Erzieherin im Hort.

«Ich bin der Oschi», sagte der Nächste mit krächzender Stimme und führte die heitere Vorstellungsrunde weiter.

Oschi, eigentlich Oswald Petri, der Vater von Nelson, war gelernter Metallbauer und leitete die recht marode Hafenanlage am Julensee.

«Ich bin der Papa von Nelson, auch Klavierschüler, ich meine das Kind, nicht ich, jetzt bist du dran», sagte er zu seiner Frau.

Das Gelächter ist immer billiger zu bekommen, dachte Ballina und wartete darauf, wie Sanna Petri sich vorstellen würde.

«Ich heiße Sanna und bin die Mutter von Nelson», sagte sie. «Wir haben noch zwei ältere Kinder, die in Potsdam aufs Gymnasium gehen, Tom und Lara, und Lieschen, unsere Nachzüglerin, ist jetzt zweieinhalb. Einige kennen mich ja bereits aus dem Bioladen hier im Ort, am Dienstag und Donnerstag leite ich die Kunst-AG in unserer Schule.»

So ging es reihum, nicht immer gleichermaßen eloquent, aber am Ende hatte jeder immerhin seinen Namen bekanntgeben können.

Dann leitete der Klassenlehrer zum ersten Traktandum über.

Zwei Klassen waren zu Beginn des neuen Schuljahres zusammengelegt worden. Aus den beiden ehemaligen Klassen 2a und 2b wurde neu eine einzige dritte Klasse gemacht. Ein Schüler war am Ende des vergangenen Jahres nicht versetzt worden, zwei andere waren zurück nach Berlin gezogen, auch das kam vor, damit war die Schülerzahl der beiden Klassen auf ein kritisches Maß geschrumpft. Achtundzwanzig Schüler würden keine zwei Klassen rechtfertigen, hieß es von Seiten der Gemeindeverwaltung.

Der Bürgermeister Hanno Klunk hatte sich über die

Einsparung einer Lehrerstelle gefreut. Die Eltern fanden es ärgerlich. Bei großen Klassen, das war die allgemeine Meinung, bekam das einzelne Kind zu wenig Aufmerksamkeit. Der Schulträger aber, das war die Gemeinde Neumühl, blieb hart und bestimmte, dass fortan nur noch eine dritte Klasse geführt werden sollte. Die Entscheidung war bereits vor Beginn des Schuljahres gefallen. Trotzdem wurde in dieser ersten Elternversammlung nochmals darüber diskutiert. Überflüssigerweise, fanden die meisten, denn die Schlacht war längst verloren.

Sanna Petri wollte die Entscheidung nicht hinnehmen. Als der neue Klassenlehrer, Fritjof Hacke, die Diskussion nach einer halben Stunde abrupt beendete, wenn auch mit dem Ausdruck des Bedauerns, war Ballina froh. Hätte Nelsons Mutter weiter argumentiert, wäre ihr unübersehbarer Eifer zur Peinlichkeit verkommen. So blieb es eine edle Geste, die ihr gut stand.

Es war ein aussichtsloser Kampf, den Sanna Petri weiterführen wollte. Das gefiel Gabriel Ballina. Nelsons Mutter hatte das Zeug zur tragischen Heldin.

16 «Unsere neue Elternsprecherin ist ziemlich peinlich», sagte Iris hinterher im Bett.

«Findest du?», fragte Gabriel.

«Ein hysterisches Engagement», sagte sie. «Es ist doch längst alles entschieden, die ganze Aufregung um die Zusammenlegung der Klassen kommt zu spät.»

«Sie ist engagiert, das stimmt», sagte er.

«Eine typische Ostfrau. Gefällt sie dir etwa?»

«Wie meinst du das?», fragte er, obwohl er wusste, was sie meinte.

«Als Frau», sagte sie, «gefällt sie dir als Frau?»

«Nicht besonders», sagte er. Das war eine Lüge. Nelsons Mutter war eindeutig etwas Besonderes. Sanna Petri gefiel ihm. Aber anders, als Iris dachte.

Ballina war an dem Abend zu ihrem Stellvertreter als Elternsprecher gewählt worden. Er hatte die Wahl angenommen, obwohl Iris missbilligend den Kopf geschüttelt hatte.

Aber Ballina hatte ohnehin andere Sorgen, ernsthafte Sorgen. Seine Frau verheimlichte ihm etwas. Er spürte es, spürte es mit jeder Faser, auch wenn er ihr noch nichts Konkretes vorwerfen konnte.

Es war schön, was Iris in den letzten Wochen mit ihm anstellte, aber es beunruhigte Ballina auch. Das Sexualleben war in den letzten Jahren ihrer Ehe ziemlich ruhig und gleichförmig geworden. Es hatte stets abends stattgefunden, nachdem ihr Sohn eingeschlafen war, eher einmal als zweimal wöchentlich, immer im Bett. Es war nicht unangenehm oder langweilig oder leer. Aber es war schlicht. Nicht besonders aufregend. Keiner von ihnen hatte sich deswegen beschwert. Es schien sich in beiderseitigem Einverständnis dahin entwickelt zu haben.

Seit einigen Wochen begann sich ihr Eheleben jedoch zu verändern. Und das lag eindeutig an Iris. Es begann damit, dass er eines Abends feststellte, dass sie sich unten herum komplett rasiert hatte. Nicht nur die Beine.

«Das macht man heute eben», sagte sie.

Ballina fand es sehr erregend. Iris kam ihm nackter vor als sonst. Und die Haare kitzelten ihn nicht mehr in der Nase.

Die Zeiten, die Orte und Besonderheiten ihrer plötzlich erwachten Begierden machten Ballina Sorgen. Woher kam plötzlich diese Lust am Neuen?

Auf seine vorsichtigen Fragen sagte Iris, dass es in letzter Zeit etwas eintönig geworden sei. Das konnte er nicht abstreiten. Aber er hatte eine ungute Ahnung dabei, und er sollte damit leider recht bekommen.

In der Nacht nach dieser Elternversammlung träumte er allerlei wirres Zeug. Beim Aufwachen konnte er sich nur noch an eins erinnern: Er saß in einem alten amerikanischen Wagen aus den fünfziger Jahren, hellblau, mit durchgehender Vorderbank und Lenkradschaltung, neben ihm saß Sanna, die Haare nachlässig im Nacken verknotet, sie trug dasselbe ärmellose T-Shirt wie an der Elternversammlung, es war Nacht, und sie fuhren auf den Parkplatz eines Motels irgendwo im Süden der USA, angelockt von roten Neonbuchstaben. Sanna hatte ihre Arme im Nacken verschränkt, und in ihren Achselhöhlen waren kleine Büschel dunkler Haare zu sehen.

Die Erinnerung daran löste eine seltsame Melancholie in ihm aus.

17 Hinter den Sträuchern schlich eine Gestalt vorbei.

Tom sah den dunklen Schatten, der sich ihm näherte. Er drückte sich flach auf den Boden und wartete mit geschlossenen Augen. Der Wind rauschte so heftig durch die Bäume, dass keine Schritte zu hören waren. In einer Minute würde die Gestalt vor ihm vorbeigehen.

In diesem Augenblick ging es Tom durch den Kopf, weshalb er hier lag. Er dachte an den Streit, den er mit seinem Vater hatte. Tom wollte im Sommer nach Kuba. Mia durfte hin. Und Ralf auch. Nur er nicht. Oschi blieb stur. Tom wäre definitiv zu jung, um für einen Sprachkurs alleine nach Kuba zu fahren.

«Ich bin ja nicht allein, wir sind ja zu dritt», sagte Tom.

«Drei Kinder», erwiderte Oschi.

Seit drei Jahren gingen sie zusammen ins Gymnasium. Mia Reiser, Ralf Quast und Tom Petri. Und seit drei Jahren hatten sie ihre Band. Oschi hatte ihnen den Keller als Übungsraum eingerichtet und bei ihren ersten Auftritten am Mischpult gesessen. Oschi hatte sie unterstützt, wo er nur konnte.

Nun mauerte er schon den ganzen Frühling an diesem bescheuerten Kamin. Oschi war dermaßen begeistert davon, dass es richtig auf die Nerven ging. Dauernd laberte er vom Grillen und von gemütlichen Lagerfeuern. Der Kamin entstand an der Backsteinmauer des alten Schuppens. Oschi holte die Steine mit der Schubkarre von der verlassenen Nerzfarm.

«Ralf und Mia dürfen fahren», sagte Tom. Sie hatten bereits gebucht. Eigentlich war es für Tom schon zu spät.

Er konnte es immer noch nicht begreifen, dass er zu Hause bleiben sollte.

«Was andere machen, interessiert mich nicht», sagte Oschi und rührte mit der Maurerkelle im Mörtelbecken. «Außerdem ist es zu teuer.»

«Ich habe sechshundert Euro auf dem Sparheft», sagte Tom, Oschi sagte: «Dort bleibt es auch. Du hast gar kein Spanisch gewählt, was willst du in Kuba.»

Das Problem bei der Sache war ein anderes. Tom konnte es ihm nicht erklären. Vor ein, zwei Jahren hatte er mit seinem Vater über alles reden können. Jetzt war es anders. Aber Tom konnte unter keinen Umständen zu Hause bleiben. Seit drei Jahren waren sie ein Trio, Mia und die beiden Jungs. Es war ein schwebender Zustand, ein zartes Gleichgewicht. Mia bemühte sich, keinen zu bevorzugen. Überall waren sie zu dritt, in ihrer Band, im Kino, auf Klassenfeiern, nach der Schule in der Potsdamer Bahnhofspassage. Es ging einfach nicht, dass Tom zu Hause blieb und Mia und Ralf allein nach Kuba fuhren. Es ging nicht. Das würde alles zerstören. Tom wollte es seinem Vater nicht erklären. Das musste der doch selber merken.

Oschi nahm einen Stein, tauchte ihn in den Wassereimer und legte ihn auf den Mörtel. Er stand oben auf dem Gerüst, das er um den Kamin herum gebaut hatte. Er war dabei, den Schornsteinkopf zu mauern. Dann wäre alles fertig.

Tom verstand Oschi einfach nicht mehr. Es war ihm früher nicht so vorgekommen, als wäre Oschi sein Vater.

Eher ein großer Bruder oder der beste Freund. Bei allem hatte Oschi ihn unterstützt. Es ging nie darum, dass Oschi etwas erlauben oder verbieten musste. Sie waren sich immer einig. Tom begriff nicht, wieso Oschi nun anfing, ihm etwas zu verbieten.

«Ich muss aber mit», sagte Tom, und er schämte sich dafür, dass seine Stimme so klang, als würde er gleich anfangen zu weinen.

«Der Mensch muss gar nichts», sagte Oschi abweisend, «außer scheißen und sterben.» Und nach einer Pause fügte er hinzu: «Wir haben die ganze Angelegenheit besprochen, du kennst unsere Meinung dazu. An der wird nichts geändert.»

Das trockene Gras stach in die Wange. Tom hob langsam seinen Kopf und blickte über den Rand der Böschung. Vier Schritte vor ihm schlich die Gestalt vorbei. Sie hatte ihn nicht bemerkt.

Tom zielte auf den Rücken, genau zwischen die Schulterblätter.

18 Der Bus war ohne Nelson nach Neumühl gefahren.

Weiße und schwarze Wolkentürme jagten einander in Richtung Potsdam, dazwischen öffnete sich für kurze Zeit ein strahlend blauer Himmel, und gleißendes Sonnenlicht ließ plötzlich die Farben aufleuchten. Windböen wirbelten sekundenschnell über den See, dessen Wasser grau schimmerte wie gebürsteter Stahl, mit weißen Schaumfetzen auf den Wellenkämmen.

Das war richtiges Julenwetter, unruhig und düster, und im nächsten Augenblick von blendender Schönheit.

Nelson ging durch die enge Fischergasse zum See hinunter und auf dem Uferweg in Richtung Neumühl. Zu Fuß brauchte man eine halbe Stunde von Krugen nach Neumühl. Das Vorspiel begann erst in drei Stunden. Vielleicht würde er trotzdem zu spät kommen. So wie er vorhin den Bus verpasst hatte. Ihm graute vor dem Vorspiel in der Fischerkirche. Die einzige Möglichkeit, ihm zu entgehen, war eine Verspätung. Seine Kopfschmerzen nahm keiner mehr ernst.

Nelson hörte hinter seinem Rücken, wie sich ein Auto näherte und versteckte sich seitwärts in den Büschen.

19 Ein brauner Mini Cooper mit weißem Dach fuhr mit überhöhter Geschwindigkeit auf der Kreisstraße nach Neumühl. Die Allee führte die ganze Zeit am Wasser entlang. Der Straßenbelag war wellig, mit Rillen und Schlaglöchern versehen, aber die Strecke bot einen wunderschönen Ausblick. Zweimal weitete sich die Havel zu einem See. Jedes Mal reichte dann der Blick zwischen den Baumstämmen weit in die Ferne. An diesem windigen Freitagnachmittag präsentierte sich die Landschaft von ihrer schönsten Seite. Wer die Muße hätte, könnte auf der Busfahrt in der Broschüre des Tourismusvereins blättern und müsste zugeben, dass die Realität die Versprechungen sogar noch übertraf.

Iris Ballina hatte keine Muße. Sie saß am Steuer ihres

Mini Cooper und fuhr zum Vorspiel ihres Sohnes Jakob nach Neumühl. Sie hatte versprochen, ihn frühzeitig vom Hort abzuholen.

Aber den Werbetext des Tourismusvereins kannte Iris Ballina auch: Hineingebettet in die unbebaute waldige Landschaft öffnet sich ein Seitenarm der mäandernden Havel nach der Ortschaft Krugen (11 500 Einw.) zum malerischen Julensee, an dessen südlichem Ende der beschauliche Ort Neumühl liegt. Mit seiner Länge von 5,5 Kilometern und einer Breite von 2 Kilometern gehört er zu den größten Seen des Landes Brandenburg. Je nach Wetter präsentiert sich der Julensee als liebliches Gewässer, vom Sommerwind gekräuselt, oder als grauschwarz aufgepeitschter See mit meterhohen schaumgekrönten Wellen. Bei Aufkommen eines Gewitters ist dies schon so manchem Wassersportler zum Verhängnis geworden. Die Ufer des Julensees werden von einem breiten Schilfgürtel gesäumt und liegen im Landschaftsschutzgebiet. An seiner tiefsten Stelle ist der See nur acht Meter tief, der Grund in Ufernähe besteht aus Schlick und Morast. Badegäste sollten immer Badeschuhe tragen, um sich vor den scharfkantigen Muscheln zu schützen.

Zersplitterte Flaschen, würde Iris Ballina an dieser Stelle anmerken. Und rostige Eisenteile aus vierzig Jahren DDR. Am Ufer ihres eigenen Grundstücks, das bis zur Rückübereignung ein öffentlicher Seezugang war, konnte man keine zwei Schritte barfuß ins Wasser gehen, ohne sich eine tiefe Schnittverletzung beizubringen. Nach dem Kauf des Grundstücks hatten sie mehrere

Schubkarren voll mit Glasscherben und Schrott vom Ufer entfernt. Als würde der morastige Boden ein unerschöpfliches Reservoir an scharfen Teilen in sich bergen, von denen immer gerade so viele an die Oberfläche gedrückt wurden, dass man sich beim Baden ernsthaft verletzen konnte. Mit Wut dachte sie an die Leute, die jahrzehntelang ihren Abfall ins Wasser oder in den Wald warfen. Iris Ballina machte keinen Hehl aus ihrer Verachtung gegenüber der Deutschen Demokratischen Republik. Sie selbst stammte aus Kleve, einer Kleinstadt in der Nähe der holländischen Grenze. Seit ihrem Jurastudium hatte sie in Westberlin gelebt, bis sie mit ihrem Mann und ihrem Sohn in diese Landidylle gezogen war.

Sie war vorhin viel zu schnell durch die Dreißigerzone an der Krugener Grundschule vorbeigefahren. Sie wusste, dass ihr Mann am Nachmittag in den Räumen dieser Schule Klavier unterrichtete und hinterher mit dem Fahrrad am See entlang nach Hause fuhr.

Nach Hause!

Zur Hälfte war es immer noch ihr Haus. Auch wenn sie nicht mehr dort wohnte. Die ganze Idylle der Haveldörfer hielt Iris Ballina ihr eigenes Scheitern vor Augen. Hier hatte sie glücklich werden wollen. Wenn es nicht ihren Sohn Jakob gäbe, der hier bei seinem Vater lebte, würde sie bis an ihr Lebensende einen großen Bogen um diese Gegend machen.

Es war nicht einfach für sie, hierher zurückzukommen. Sie hatte Jakob an den Wochenenden immer in Potsdam übernommen. Potsdam war neutrales Gebiet.

Ballina hatte sie einmal gefragt, ob die Übergabe, der alten Tradition des Agentenaustauschs folgend, nicht auf der Glienicker Brücke stattfinden sollte.

Iris fand das überhaupt nicht komisch.

Ballina auch nicht, aber er hatte es trotzdem gesagt.

20 Vor elf Jahren hatten sie und Gabriel sich kennengelernt. An einer Jubiläumsveranstaltung der Stiftung, bei der sie, gerade neu eingestellt, das Rahmenprogramm zu organisieren hatte. Gabriel Ballina wirkte damals sehr jung. Und er war erfolgreich. Ein junger bleicher Mann mit schwarzen Locken, der stets weiße Hemden trug, ein erfolgreicher Musiker. Das war eine Mischung, der sie nicht wiederstehen konnte: Kunst und Erfolg. Ihre ganze Familie bewunderte Gabriel. Iris war stolz auf ihren neuen Freund. Sie hatte sechs ältere Geschwister, und alle hatten ein Faible für Künstler, gingen ins Theater, in Konzerte, Vernissagen, Filmpremieren und zu Lesungen. Iris war die Erste, die einen Musiker, einen Künstler in die Familie brachte. Sie verliebte sich, wurde ein Jahr später schwanger und heiratete ihn. Damals war sie siebenundzwanzig, er dreißig.

Im Rückblick fand sie seinen Erfolg bescheiden. Er hatte in Berlin Musik studiert, sein Konzertdiplom gemacht und einen dritten Platz bei einem Klavierwettbewerb gewonnen. Ein paar Jahre schlug er sich als Korrepetitor durch und war Mitglied verschiedener Berliner Ensembles, vom Klaviertrio bis zur Jazzband. Als er irgendwann vollamtlich als Klavierlehrer arbeitete, hatte der Künstler Ballina seine Leuchtkraft verloren, und für sie zählte nur noch das Einkommen. Und das war recht bescheiden. Dafür kümmerte er sich aufopfernd um ihr Kind. Das musste sie zugeben. Er war immer für Jakob da.

Sobald Iris Ballina die letzten Häuser von Krugen hinter sich hatte, drückte sie aufs Pedal. An beiden Seiten der Allee standen die Bäume eng, und das Sonnenlicht, das zwischen den Wolkenfetzen immer wieder schräg von vorn über den See schien, machte es schwer, den Abstand zu ihnen einzuschätzen. Aber Iris hatte Jakob versprochen, dass sie ihn spätestens um drei vom Hort abholen und vor dem Vorspiel mit ihm noch nach Hause gehen würde.

Wieder dachte sie an das Haus. Es wurmte sie immer noch, dass sie vor drei Monaten ausziehen musste. Auch wenn sie die Trennung selbst zu verantworten hatte und ihr heimliches Leben nicht aufgeben wollte. Verliebt zu sein war eine Sucht. Dass es nicht mehr ihr eigener Mann war, konnte sie auch nicht ändern.

Kurz hinter Krugen glaubte sie, weiter vorn für einen kurzen Augenblick ein Kind am Straßenrand gesehen zu haben.

Als sie die Stelle passierte, war aber nichts von einem Kind zu sehen.

21 Das Haus am Julensee war damals Ballinas Idee gewesen. Er stieß im Immobilienteil der *Berliner Zeitung* auf eine Annonce: Sanierungsbedürftiges Wochenendhaus nahe Berlin zu verpachten, Seegrundstück, Bootsanleger. Das klang ziemlich gut. Iris wusste gar nicht, dass Gabriel sich dafür interessierte. Es war von ihm auch eher als Wochenendbeschäftigung gedacht: Häuser angucken und dabei das Berliner Umland kennenlernen. Dass gleich das erste Objekt sie ernsthaft interessieren könnte, hatten sie nicht erwartet.

Das Wetter war toll, alles präsentierte sich im schönsten Sonnenschein. Iris hatte mit der Besitzerin, einer älteren Frau aus Bielefeld, telefoniert und sich den Weg beschreiben lassen. Frau Rauch war das Eigentum ihrer Eltern nach der Wende rückübertragen worden. Sie brachte es nicht übers Herz, das Haus zu verkaufen, und wollte es erst einmal verpachten. Jemand musste sich ja darum kümmern. Sie selbst war dreiundachtzig und wusste nicht, was sie mit einem Wochenendhaus in der Nähe von Berlin anfangen sollte. Und da am Haus einiges repariert werden musste, wollte sie die ersten zwei Jahre nicht einmal einen Pachtzins dafür haben.

An einem Samstagnachmittag fuhren Ballinas über die Stadtautobahn nach Süden. Jakob saß auf dem Rücksitz und knabberte an seinen Lieblingscrackern, er war damals vier Jahre alt. Sie folgten der Wegbeschreibung, die Iris auf einem Zettel notiert hatte, verließen die Autobahn bei der Abfahrt Krugen und fuhren etwa zehn Minuten lang durch einen Laubwald. Am Boden leuchtete hellgrün der Farn, und sie waren alle drei entzückt. Sie fanden das Grundstück in Neumühl und kletterten über den verfallenen Holzzaun, wie es ihnen die Besitzerin vorgeschlagen hatte.

«Schauen Sie es sich erst mal an», hatte sie am Telefon gesagt. «Es ist ein altes Haus. Die jungen Leute wollen heutzutage ja etwas mehr Komfort.»

Das Haus war in den dreißiger Jahren gebaut worden und ziemlich reparaturbedürftig, ein zweistöckiges Holzhaus, grau verwittert, auf einem Fundament aus großen Natursteinquadern, und es war wunderbar romantisch.

Als sie durch das mit Unkraut überwucherte Grundstück streiften und um das Haus herumgingen, verschlug es ihnen die Sprache. Von der Rückseite konnten sie den sanft abfallenden Garten überblicken, den Schilfgürtel, der von einem schmalen Holzsteg geteilt wurde, und den See dahinter. Es war traumhaft, einfach unglaublich, wie in einem Bilderbuch. Sie spazierten den Garten hinunter zum Steg. Jakob musste Gabriel die Hand geben. Der Steg endete an einer Plattform mit einer Sitzbank. Ein paar schiefe Pfähle im Wasser waren für Boote vorgesehen. Sie setzten sich auf die Bank, blickten über den See und gaben sich eine Weile dem leisen Plätschern der Wellen hin.

«Wahnsinn», sagte Iris, und Gabriel antwortete: «Ich glaube es nicht, ich glaube es einfach nicht!»

Die *Berliner Zeitung* mit der farbig markierten Anzeige in der Hand, telefonierte Iris mit der Besitzerin und fragte, ob es noch andere Interessenten gäbe.

«Nein, leider nicht», sagte Frau Rauch in Bielefeld.

«Wir würden es nehmen», sagte Iris ins Telefon und zeigte Gabriel mit stummen Grimassen, wie sehr sie sich darüber freute.

Bereits ein Jahr später verstarb die Besitzerin. Ihre Verwandten, die in Südfrankreich und in den USA lebten, akzeptierten den bescheidenen Preis, den Iris ihnen für das Haus vorschlug. Schließlich musste es komplett saniert werden.

Ein ganzes Jahr lang waren die Handwerker zugange. Danach war das Haus ein richtiges Schmuckstück geworden, um das sie alle beneideten.

Nun war auch das alles bereits wieder vorbei.

22 Freitagnachmittag am Julensee.

Der Wind fuhr den Bäumen unters Laub und brachte die Stämme zum Schwanken. Abgebrochene Äste lagen auf der Straße.

Iris blickte nervös auf die Armbanduhr. Inzwischen war sie schon eine halbe Stunde zu spät. Sie ärgerte sich über sich selbst. Als ihr ein Wagen entgegenkam, musste sie das Tempo drosseln. Zwischen dem Baum und ihrem rechten Außenspiegel war gerade mal eine handbreite Lücke. Dann war Iris vorbei und drückte wieder aufs Gas. Wenn man korrekt fuhr, brauchte man von Krugen nach Neumühl zehn Minuten. Bei ihrem Tempo würde sie acht Minuten benötigen. Zwei Minuten von einer halben Stunde Verspätung, das macht es auch nicht besser, dachte sie missmutig und preschte trotzdem mit überhöhter Geschwindigkeit am Ortsschild von Neumühl vorbei. Die Reifen ratterten laut über das Kopfsteinpflaster, während sie die alte Nerzfarm und den Hafen links und rechts der Straße liegenließ. Dann zischte sie «Scheiße!» und trat hart auf die Bremse. Weiter vorn hatte sie hinter einer Hecke einen Beamten gesehen, der sie durch den Laser anvisierte. Eine Kontrolle!

Sie hatte ihn zu spät entdeckt. Obwohl sie nun korrekt fuhr, trat ein Polizist auf die Fahrbahn und winkte sie mit der Signalkelle auf den Parkplatz des Mühlenhotels. Das hatte ihr gerade noch gefehlt.

«Es tut mir leid», sagte sie durch das geöffnete Wagenfenster, «ich muss mein Kind abholen und bin viel zu spät.» Sie lächelte den schwergewichtigen Beamten mit einem devoten Augenaufschlag an und hoffte auf ihre Wirkung als attraktive Frau, der man gerne etwas verzeiht.

Der Polizeimeister, dessen Dienstgrad sie an den zwei grünen Sternen auf seinen Schulterklappen erkannte, war dafür nicht der geeignete Mann. «Trotzdem müssen Sie sich an die Verkehrsregeln halten», sagte er ungerührt. «Sie sind deutlich zu schnell gefahren.»

«Ich halte mich ja sonst auch an die Regeln», sagte sie. «Als Anwältin kenne ich mich schließlich mit dem Gesetz aus.»

«Dann wissen Sie auch, was Sie zu erwarten haben. Fahren Sie bitte rechts ran», sagte er.

«Sie könnten mich mündlich verwarnen, und ich

würde mich ja auch dafür entschuldigen. Ausnahmsweise?», versuchte sie es nochmals.

«Sie brauchen sich nicht bei mir zu entschuldigen, fahren Sie bitte da zur Seite.»

Sie verkniff sich ihren Kommentar und beschloss, das Ganze schnell hinter sich zu bringen. Sie fuhr an den Rand des Parkplatzes. Der Polizeimeister ging langsam auf die andere Seite der Hecke. Iris Ballina nahm den Fahrzeugschein aus dem Handschuhfach und kramte den Führerschein aus ihrer Handtasche, dann trommelten ihre Finger nervös auf das Lenkrad. Über eine halbe Stunde zu spät, dachte sie, und dann das.

Der Polizeibeamte kam mit dem Bußgeldblock in der Hand zurück, die Signalkelle unter den Arm geklemmt.

«Ich wäre froh, wenn Sie sich beeilen würden», sagte sie und hielt ihm die Papiere mit ausgestrecktem Arm hin, noch bevor er sie darum bitten konnte.

«Nach Abzug der Toleranz sind Sie achtundzwanzig Kilometer zu schnell gefahren», sagte er.

«Wie bitte? Das muss ein Irrtum sein!»

«Achtundzwanzig Kilometer zu schnell», wiederholte er stoisch.

Sie versuchte sich zu erinnern, was es sie kosten würde. «Wie teuer wird das?», fragte sie.

«Sechzig Euro», gab der Beamte bereitwillig Auskunft, «und drei Punkte in Flensburg.»

Iris Ballina fluchte in Gedanken, nahm zwei Geldscheine aus der Brieftasche und hielt sie ungeduldig aus dem Fenster. Ihre Hand zitterte leicht. Sie wartete verärgert, bis er den Zettel ausgefüllt, ihr die Papiere zurückgegeben und das Geld genommen hatte. Seinen Gruß zum Abschied erwiderte sie nicht.

23 Im Wald, ein Steinwurf oberhalb der letzten Häuser von Neumühl, zielte Tom auf den Rücken einer gebückten Gestalt. Sein Zeigefinger krümmte sich um den Abzug. In dem Augenblick, als sein Ziel sich kurz aufrichtete, um über einen Busch zu schauen, ging der Schuss los. Tom sah den roten Flecken, der genau zwischen den Schulterblättern aufgeplatzt war. Er hatte gut getroffen. Der Typ in der schwarzen Jacke schrie laut auf: «Scheiße!», und drehte sich zu Tom um.

«Wie bist du hier hochgekommen?», schrie er wütend, «ich dachte, du wärst da unten irgendwo.»

«Du bist tot», antwortete Tom. Er war enttäuscht, dass es so einfach gewesen war, Erwin zu erledigen.

Was sie da taten, hieß Paintball. Man schoss mit Farbkugeln aufeinander. Ein geiler Sport. Überhaupt die Quintessenz von Sport. «Sport ist Mord», pflegte Churchill zu sagen und dabei an seiner Zigarre zu ziehen. Der Spruch, den die Lehrerin für Englisch und Geschichte zitierte, ließ sich auch umdrehen: Mord ist Sport. Sogar ein richtig spannender. Die Waffen durfte man erst mit achtzehn Jahren kaufen. Tom würde in einem Monat erst sechzehn werden, aber Winnie war schon achtzehn. In der Öffentlichkeit war es eigentlich auch verboten. Erlaubt nur auf privatem Gelände oder in Hallen. Im Wald war es aber viel geiler. Das Grundstück der ehemaligen Nerzfarm mit den Mauerresten und Hausruinen und der dahinterliegende Wald waren ideal dafür. Die Regeln waren simpel: Wer getroffen wurde, war tot. Der Tote musste auf die Startposition zurück. Im Wald steckte eine Südstaatenflagge. Beide Teams begannen von entgegengesetzten Startpositionen und versuchten, die Flagge zu ergreifen und zur eigenen Startposition zurückzubringen. Das waren nicht die offiziellen Paintball-Regeln, aber Winnie sagte: «Scheiß drauf! Wir spielen nach unseren Regeln.» Schutzkleidung benutzten sie dabei auch nicht.

«Noch habt ihr nicht gewonnen», rief Erwin, als er runter in Richtung der Nerzfarm ging, um sich ein neues Leben zu holen.

24 Nelson ging am See entlang. Seine Beine streiften die Brennnesseln, die am Uferweg wuchsen. Er spürte die Nesseln nicht, weil er lange Hosen trug.

Ohne dass er es bemerkt hätte, hatte sich hinter seinem Rücken ein Wagen genähert. Nelson sah ihn erst, als der Wagen langsam neben ihm herfuhr, das Seitenfenster heruntterglitt und ein Mann fragte: «Wo musst du denn hin?»

Nelson ging weiter und schaute dabei den Mann an.

«Bist du nicht Oschis Junge?», fragte er aus dem fahrenden Auto heraus.

Nelson schüttelte den Kopf. Nach ein paar Schritten begann er zu rennen. Der Wagen fuhr eine Weile neben ihm her, dann beschleunigte er und entfernte sich in Richtung Neumühl.

Nelson sah, wie die Augen des Mannes ihn durch den Rückspiegel beobachteten. Er wusste nicht, woher der Mann ihn kannte.

Bei der Abzweigung nach Moritzer Heide blieb Nelson keuchend vor der Bushaltestelle stehen. Der Bus fuhr nur einmal jede Stunde. Ein paar Meter weiter drüben fiel die Böschung zum Ufer hin ab. Dort stand eine hohe alte Kiefer. An einem ihrer Äste hatte jemand eine Schaukel festgebunden. An den langen Stricken konnte man weit ins Leere hinausschaukeln, so dass man das Gefühl hatte, über den Julensee zu fliegen. Von der Straße aus war die Kiefer mit der Schaukel nicht zu sehen.

25 Iris Ballina eilte zwischen den spielenden Kindern durch den Garten des Kinderhortes und suchte nach ihrem Sohn.

«Jakob ist drinnen», rief ihr ein Kind zu, dann schrie es weiter: «Jakob wird abgeholt!»

Als Iris das Gebäude betrat, sah sie ihn im Flur herumstehen, die Schultasche neben sich auf dem Boden. Seit diesem Frühjahr sah sie ihn nur noch einmal die Woche. Jedes Mal schnürte es ihr die Kehle zu, wenn sie sich trafen und sie seinen schmächtigen Jungenkörper in die Arme nahm. Dass sie ihn heute fast eine Stunde hatte warten lassen, machte es noch schlimmer. Sie beeilte sich, mit ihm wegzukommen. Dabei hatten die Erzieherinnen durchaus Verständnis für sie. Für alle Väter und Mütter, die allein Kinder großziehen mussten, getrennt lebten oder sich gerade trennten. In einer kleinen Gemeinde wie Neumühl ließ sich so etwas nicht verbergen. Die Erzieherinnen wussten am besten, wie sehr es die Kinder belastete, sie beunruhigte, ablenkte, manchmal aggressiv machte. Dass Jakobs Mutter nicht mehr in Neumühl, sondern wieder in Berlin wohnte, hatte sich längst im Ort herumgesprochen.

«Warum kommst du so spät?», fragte Jakob, bevor er in ihren Mini Cooper stieg.

«Ich wurde von der Polizei aufgehalten», sagte sie, «ich wollte mich beeilen und bin zu schnell gefahren.»

«Aua, wie schnell denn?», wollte Jakob wissen.

«Nicht viel, neun Kilometer zu schnell.»

«Neun Kilometer? Wo denn?»

«Am Ortseingang, beim Mühlenhotel.»

«Und was hat es gekostet?»

«Zehn Euro.»

«Zehn Euro, aua!»

Dass er dauernd «Aua» sagte, war neu für sie. Aber sie war froh, dass er die lange Warterei vergessen hatte und ihr nicht nachtrug. Kinder sind wirklich unkomplizierte und dankbare Geschöpfe, dachte sie, da fragte Jakob: «Und das hat eine ganze Stunde gedauert?»

Sie biss die Zähne zusammen. «Ich war zu spät», sagte sie, «du weißt doch, dass ich nicht einfach so von der Arbeit wegrennen kann. Wenn etwas los ist, muss ich bleiben.»

«Was war denn los?», wollte Jakob wissen.

Sie braucht etwas Zeit für die Antwort. «Eine Besprechung», sagte sie dann.

Zwischen den verstreuten Häusern von Neumühl lagen die sumpfigen Ausläufer des Julensees, der Erlenbruch mit dem Mühlenfließ. Die Straße führte in einem Bogen um das unwegsame Gelände. Nach dreihundert Metern endete sie in der Nähe des Sees in einem sternförmigen grasbewachsenen Platz unter hohen Bäumen. Kleine sandige Wege führten zwischen die Häuser. Iris Ballina steuerte ihren Mini Cooper zum See hinunter und stoppte vor einem rostigen Gartentor.

«Willst du aufmachen?», fragte sie, und Jakob sprang heraus und schwenkte die beiden Torflügel zur Seite, damit seine Mutter auf das Grundstück fahren konnte.

26 Wenn sie in den letzten drei Monaten nach Neumühl kam und das Grundstück betrat – die wenigen Male konnte man an einer Hand abzählen –, überkam sie immer dasselbe Gefühl. Alles kam ihr fremd und unwirklich vor. Die Rhododendren neben der Einfahrt. Die Trauerweide neben dem Haus, die sich schräg zum See hinunterneigte, als würde sie der nächste Windstoß umwerfen. Die Natursteinmauern, die das Ständerwerk des Holzhauses trugen. Der windschiefe Schuppen im rückwärtigen Teil des Gartens, sein grau verwittertes Holz, das nur noch einen feinen Schimmer der ehemals taubenblauen Farbe aufwies. Als würde jemand einen

Scheinwerfer anknipsen, ließ das grelle Sonnenlicht plötzlich alles hell und blendend erstrahlen. Am hellsten die weißgestrichenen Holzwände des Hauses. Und über allem, wie Meeresbrandung, das Rauschen des Windes in den Bäumen.

Jakob hatte den Hausschlüssel aus dem Versteck geholt und schloss auf. Auch der Geruch im Innern kam ihr fremd vor. Sie erinnerte sich daran, dass ihr dieser Geruch immer fremd vorgekommen war. Es war nicht ihr eigener Geruch, es war kein Familiengeruch, wie er einem manchmal aus Wohnungen entgegenschlägt, jene eigentümliche Duftmischung, die von Mahlzeiten, schlafwarmer Bettwäsche und Kinderturnschuhen herrührt. In diesem Haus wurde das alles überlagert von einem starken Geruch nach harzigem Holz. Lärche und Kiefer, erzählten die Bauleute. Das hatte sich nie geändert, auch durch die Renovierung nicht. An und für sich nicht unangenehm, aber befremdlich, wenn man nur selten hier war. Sie blickte sich in der Küche um und las die Worte an der Schiefertafel:

Klassenfahrt
Zahnarzt
Kartoffeln
Tabs

Iris erkannte die Schrift ihres Mannes. Sie sah das Obst in der Schale, die halbe Flasche argentinischen Rotwein, den großen Vorrat an naturtrübem Apfelsaft von Aldi. Es kränkte sie, dass auch ohne sie alles zu funktionieren schien. Die Küche war nicht schmutziger als früher. Es stand kein gebrauchtes Geschirr in der Spüle. Wahrscheinlich räumt Gabriel alles auf und putzt, bevor ich komme, dachte sie.

Jakob öffnete den Kühlschrank und nahm sich demonstrativ eine Milchschnitte heraus.

«Putzt Papa selber?», fragte sie. «Oder macht das jemand für ihn?»

«Ich helfe ihm», sagte Jakob.

Iris ging von der Küche ins Wohnzimmer und stellte fest, dass sogar der schwarze Flügel staubfrei war. Das war nur zu schaffen, wenn man ihn täglich abwischte.

«Willst du vor dem Vorspiel noch mal üben?», fragte sie.

Jakob sagte: «Ja, sicher.»

«Na dann mal los! Wann sollst du dort sein?»

«Kommst du denn nicht mit?», fragte er, die Mutter sagte: «Doch, deswegen bin ich ja hier.»

«Um sechs sollen wir in der Kirche sein.»

«Was spielst du denn?»

Jakob kam zum Flügel und suchte seine Noten in den verstreut herumliegenden Heften und Blättern. Er fand ein einzelnes gefaltetes Notenblatt und seine *Klavierschule*.

«Zwei Stücke», sagte er und breitete sie auf dem Notenständer des Flügels aus.

«Kenne ich die?», fragte Iris. Sie war schon seit einigen Wochen nicht mehr hier gewesen. Am Wochenende war Jakob jeweils bei ihr in Berlin, und sie hatte kein Klavier in der Wohnung. Wozu auch.

«Das da kennst du vielleicht», sagte er und spielte ihr vor. Sie setzte sich auf den Bürostuhl und schaute ihm von der Seite her zu. Sie wusste, dass der Bürostuhl Gabriels Platz war, wenn er mit Jakob übte. Sie wusste, dass Gabriel und Jakob hier jeden Tag mindestens eine Stunde zusammen verbrachten.

Ernsthaft und konzentriert blickte Jakob in die Noten und begann dann zu spielen. «Cornelius Gurlitt, aus: Kleine Blumen», las Iris auf dem Notenblatt. Jakob spielte flüssig und fehlerfrei. Als er am Ende war, verharrte er einen Atemzug lang, lauschte dem verklingenden Akkord nach und blickte sie dann abwartend an.

«Schön», sagte sie mit gespielter Bewunderung, «ganz toll, wirklich wunderschön.»

Es war nicht so, dass Jakob nicht schön gespielt hätte. Aber das Klavierspiel war Gabriels Sache. Sie konnte es nicht von seiner Person trennen. Gabriel hatte sie aus der kleinen Familie hinausgedrängt. Das würde sie ihm nie verzeihen. Und das Klavierspiel ihres Sohnes Jakob würde sie niemals glücklich machen.

«Dann spiele ich noch mit Jonas zusammen einen Samba», erzählte er nun eifrig. «Jonas von nebenan, den kennst du doch?»

Es gab ihr einen Stich, dass er sie nach drei Monaten so etwas fragte, aber sie sagte: «Natürlich kenne ich Jonas.»

«Jonas spielt die Melodie», erzählte Jakob, «und ich die Begleitung, aber die ist viel schwieriger.»

Er schlug die *Europäische Klavierschule* auf und spielte eine rhythmisch mitreißende Akkordfolge. Für sein Alter machte er das erstaunlich gut. Das dachte sie jedes Mal, wenn er ihr etwas Neues vorspielte. Sie war hin- und hergerissen. Sie fand es schön, dass ihr Kind solche Fortschritte machte und seinen Spaß dabei hatte. Aber sie war gleichzeitig unglücklich, weil sie in diesen Momenten so deutlich spürte, wie viel mehr Zeit ihr Kind mit Gabriel verbrachte als mit ihr. Auch wenn sie mit der Lösung einverstanden war. Sie würde es gar nicht organisieren können, wenn Jakob bei ihr in Berlin wäre. Ihr Beruf verlangte von ihr viel Zeit, vor allem auch abends. Und Jakob aus der Grundschule von Neumühl herauszunehmen und in eine Berliner Schule zu stecken, wäre nicht gut für ihn gewesen.

Iris sah die gerahmte Fotografie an der Wand. Aufgenommen an einer Grillparty vor zwei Jahren. Es zeigte etwa dreißig Leute in ihrem Garten. Andere Paare, Kinder, Hunde. André Hemmerlein mit seiner Frau Cornelia. Im selben Jahr, in dem sie in ihr neues Haus gezogen waren, hatten sie sich getrennt und waren aus dem Ort wieder weggezogen. Sylvia Beul lebte damals schon allein mit ihrer zehnjährigen Tochter. Nun hatten sich auch Urbiteits getrennt. Auf dem Foto standen Iris und Gabriel als Gastgeber fröhlich mitten unter den Gästen. Es war noch gar nicht so lange her, und trotzdem schien es in einem anderen Leben gewesen zu sein. Wenigstens waren sie nicht die Einzigen, die sich im Lauf der vergangenen zwei Jahre getrennt hatten.

Iris Ballina verscheuchte die grüblerischen Gedanken. Positiv denken, sagte sie sich. Alles läuft gut. Andere haben größere Probleme.

27 Um halb vier Uhr verstaute Gabriel Ballina die Materialien für seinen Unterricht in der Mappe. Seine letzte Schülerin war hinausgegangen. Er schloss das Klavier ab, dann das Schulzimmer und ging zu seinem Fahrrad, das draußen auf dem Pausenhof abgestellt war. Sein schwarzes Trekkingrad der Kreuzberger Fahrradmanufaktur. Mit dem Gummiband befestigte er seine Mappe auf dem Gepäckträger und seine Hosenklammer über dem Knöchel, dann schloss er die Kette auf, die um das Vorderrad und den Fahrradständer gewickelt war.

Ballina blickte auf die Armbanduhr, schwang sich dann auf den braunen Ledersattel und trat kräftig in die Pedale. Er lenkte das Rad von der Schule zum See hinunter und dann auf dem Radweg in Richtung Neumühl.

Ein starker Wind blies ihm entgegen. Die Schilfhalme wogten, weiße Schaumschlieren zogen über den See. Ballina musste sich ziemlich ins Zeug legen, um voranzukommen. Ein paar Minuten später erreichte er eine Abzweigung. Nach links stieg die Straße leicht an und führte zum Ortsteil Moritzer Heide. Geradeaus ging es weiter den See entlang nach Neumühl.

Ballina fuhr in keiner der beiden Richtungen, sondern nahm einen kleinen Pfad, der seitwärts durch die Büsche zum See hin führte. Nach wenigen Metern erreichte er die Birke, an die ein altes dunkelrot lackiertes Damenfahrrad gelehnt war. Im Lenkerkorb lag eine Stofftasche mit Salat und Gemüse. Ballina kannte dieses Rad. Er lehnte sein Trekkingrad an das Damenrad, führte seine Kette zwischen den Speichen beider Räder hindurch und schloss sie zusammen. Er tat es mit einer gewissen Zärtlichkeit.

An einer großen Kiefer war eine Schaukel befestigt. Sie wurde sanft vom Wind angestoßen. Eine Böschung führte zum Schilfsaum hinunter.

Dort unten fand er sie.

Sie saß im Gras, hatte die Arme um die Knie geschlungen und blickte über das Wasser. Ballina ließ sich neben ihr nieder, legte seinen Arm um sie und küsste sie auf die Wange.

Sie küsste ihn auf den Mund.

«Gabriel!», flüsterte sie nah an seinem Ohr. Es klang begehrlich und verzweifelt zugleich. Damit hatte er nicht gerechnet. Er wusste nicht, woher die Verzweiflung rührte, mit der ihre Hände unter sein Hemd glitten und seinen Oberkörper betasteten. Als wäre sie blind und müsste sich vergewissern, dass es ihn gab. Die Wellen plätscherten im Schilf, der Wind rauschte, und es roch nach fauligem Schlamm. Ballina sah ihr erhitztes Gesicht vor sich.

«Gabriel!», flüsterte sie.

Die Hosenklammer am Bein vergaß er abzunehmen.

28 Liebe Jule, wo willst du hin?

Der Müller schnarcht auf dem Absackboden. Schläft seinen Rausch aus. Der Bremsbalken ist festgezogen. Der Steert zerrt am Strick. Die Flügel stehen still. Die Sturmwand der Mühle zeigt nicht in den Wind. Das ist nicht gut. Die Säcke mit dem ungemahlenen Korn bleiben liegen.

Du willst spazieren gehen, Jule?

Pass bloß auf. Du weißt, wie ungehalten der Müller ist, wenn er aufwacht und du nicht da bist.

Du weißt das, und du spazierst über die Seewiese. Der Wind spielt dir dein blondes Haar in den Mund. Deine bloßen Füße tragen dich durch das Gras. Eine Schar Gänse schnattert und watschelt zum Wasser. Wie in deiner alten Heimat, an die du nun denkst. Wohin du dich sehnst. Weit, weit zurück. Hinter das Wasser, weit gegen Osten, wo am frühen Morgen das Licht herkommt.

Wo willst du hin, liebe Jule? Pass bloß auf!

Deine Füße tragen dich weg von der Mühle. Du siehst die niedrigen Fischerhäuser an der Landstraße nach Potsdam. Dort steht der Wagen mit der braunen Plane. Das Pferdchen hat den Hafersack umgeschnallt und peitscht mit dem Schweif nach den Fliegen. Er schwimmt im See. Ein Mann allein. Er kommt ans Ufer und trocknet sich mit dem Hemd. Es ist der Händler aus der Stadt.

Liebe Jule, pass auf!

29 «Lasst uns noch eine Partie Seitensprung spielen!»

«Au ja! Wer kommt mit?»

«Unbedingt!»

«Nee, ich muss morgen leider früh raus.»

Wir standen draußen vor der Mühle, der versammelte Vereinsvorstand und ich, der ich eingeladen war, das Musikprojekt für das Mühlenfest vorzustellen. Die Sitzung war zu Ende, und es war schon dunkel, als der irritierende Vorschlag geäußert wurde. Wer nicht wusste, was damit gemeint war, schaute die anderen verunsichert an. Es handelte sich aber nicht um den Vorschlag, einen Swingerclub zu besuchen. Es ging um ein neues Gesellschaftsspiel.

«Der Hit in Berlin», sagte Warnewski. Der begeisterten Zustimmung nach musste es ein recht amüsantes Spiel sein.

Wir waren fast ein Dutzend Personen, die sich in Warnewskis Küche an den Tisch setzten. Hanno Klunk, Vereinsvorsitzender und Bürgermeister, war dabei, Sanna Petri, Annemarie Quast, Alfred Maller, seine Frau Jennifer und Henriette Bohm. Dass Henriette sich auf das Spiel einließ, verwunderte mich sehr. Sie hatte sich erst vor einem halben Jahr getrennt, weil ihr Mann eine jüngere Freundin hatte. Einige hatten das Spiel wohl schon mal ausprobiert, ich kannte es nicht. Auf dem Schachteldeckel war eine Warnung angebracht: «Vorsicht! Dieses Spiel kann Ihre Moral gefährden!»

Jeder durfte sich eine kleine Spielfigur wählen, deren Namen unter dem Sockel eingraviert war: Jack, Hugo, Sybille, Alice. Jeder durfte sein Geschlecht selbst wählen. Ausgerechnet Warnewski, der große Warnewski mit seinen Schaufelhänden entschied sich für die kleine kurvenreiche Lindy.

Zu jeder Figur gab es einen Personalausweis, eine Karte, auf der Alter, Beruf und drei Geheimnisse, die sexuellen Vorlieben betreffend, angegeben waren. Diese Karten wurden in einen Hut geworfen, aus dem dann jeder Spieler blind seinen Ehepartner ziehen musste. Das Schicksal teilte einen Ehepartner zu, mit dem man erst einmal leben musste. Ohne Rücksicht auf Alter, Geschlecht, Rasse oder Beruf. Wer die eigene Karte zog, blieb erst einmal ledig. Es gab ein aufklappbares Spielfeld mit einer unübersichtlich verlaufenden Straße, vielen Abzweigungen, versteckten Winkeln und Plätzen. Jeder begann auf dem Feld seiner Wohnung. Ein Würfel entschied über die Anzahl Schritte, die man gehen musste. Als Spielanleitung diente eine rosa eingebundene *Seitensprung-Fibel*, aus der Warnewski bei Bedarf vorlas. Gelangte jemand auf ein Feld, auf dem bereits eine andere Figur stand, musste er oder sie eine Flirtkarte ziehen. Darauf war nachzulesen, was mit den beiden Figuren geschah und was sie dafür bekamen. Ein bis drei rote Herzen für leichte bis heftige Verliebtheiten, ein bis drei Sterne für ein bis drei Orgasmen oder einen positiven Schwangerschaftstest, der bei gleichgeschlechtlichen Begegnungen zurückgegeben werden musste. Die Herz- und Orgasmuskarten wurden gesammelt, ihre Anzahl bestimmte den Erfolg im Spiel. Der Besuch eines Affärenfeldes zwang zum Abheben einer Affärenkarte. Die lauteten beispielsweise: «Sie wurden bei Ihrem Stelldichein beobachtet; zahlen Sie ein Herz an den Voyeur.» Oder: «Sie wurden ertappt und werden erpresst; zahlen Sie drei Herzen an den Erpresser.» Wer nicht zahlen konnte, bekam eine Liebeskummerkarte mit einem gebrochenen schwarzen Herzen darauf. Die Kummerkarten wurden am Schluss als Minuspunkte von den Herz- und Orgasmus-Karten abgezogen. Wer die Arschkarte mit dem schwarzen Zylinder zog, es gab vier davon, war schlecht drauf, roch nach Knoblauch und musste eine Runde aussetzen. Wer eine Schmetterlingskarte zog, war verliebt und erhielt alle folgenden Karten doppelt; Kummerkarten wurden durch die Schmetterlinge abgewiesen.

Wir tranken große Mengen Bier und Wein und spielten bis über Mitternacht hinaus. Ich erinnere mich noch daran, mit Henriette Bohm auf dem Bordellfeld eine dreifache Orgasmuskarte gezogen zu haben, und dass Warnewskis Frau Liebeskummerkarten anhäufte.

Geschmacklos? Vielleicht. Es war ein Spiel für verklemmte Spießer. Aber es regte unsere Phantasie an. Wir hatten eine Menge gelacht an diesem Abend.

30 Freitagnachmittag, am Rand von Neumühl. Tom ging gebückt durch den Wald.

Das nächste Mal wollte er mehr riskieren. Frontalangriff. Sturmangriff. Kamikaze. Alles oder nichts. Auf der Lauer zu liegen war langweilig. Etwas weiter unten sah er Winnie hinter einem Busch knien. Winnie hatte ihn ebenfalls entdeckt und wies auf eine kleine Gruppe junger Birken, die zwanzig Schritte vor ihm standen.

«Kutte!», rief Tom laut, während er aufrecht den Hang hinunterging, seine Speedster im Anschlag. Das Birkenlaub bewegte sich, aber es war nicht zu sehen, ob durch den Wind oder eine Person.

«Kutte, zeig dich!», rief Tom und ging auf die Birken zu.

Ein Schuss fiel. Auf dem Kiefernstamm neben Tom platzte das Geschoss auf und bildete einen roten Klecks. Tom hatte gesehen, wo der Schuss herkam. Er bückte sich und hob einen faustgroßen Stein auf.

«Letzte Warnung, Kutte!», rief Tom. Als nichts geschah, warf er den Stein in die jungen Birken. Er traf genau die richtige Stelle.

«Auaha, bist du völlig übergeschnappt?», schrie eine Fistelstimme. Dann raschelte es, und Kutte brach seitlich aus dem Birkenlaub hervor. Der kleine Kurt Garn, mager wie ein Hungerkünstler. Auf dieser Seite würde er Winnie genau in die Arme laufen. Tom wollte ihn aber selber erwischen. Ohne auf die Deckung zu achten, rannte Tom den Hang schräg hinunter und auf Kutte zu.

«Bleib stehen, du Depp, da vorn liegt Winnie!»

Kutte sah Winnie vor sich im Gras knien, stoppte sofort, dreht sich um und schoss mehrmals schnell hintereinander auf Tom. Dann schrie er Tom entgegen: «Du bist tot, Mann, hörst du schlecht? Du bist tot!»

Tom stand genau vor Kutte und zielte auf ihn. Kutte kam wütend auf Tom zu. Tom drückte ab. Die Kugel traf Kutte mitten auf die Stirn. Er breitete die Arme aus und fiel hintenüber. Kutte blieb auf dem Rücken liegen und rührte sich nicht mehr.

Tom sah an sich hinunter und sah die roten Flecken auf

seinem Bauch, seinem Oberschenkel und auf der rechten Schulter. Kutte hatte ihn dreimal getroffen.

«Bist du bescheuert?», rief Winnie, der mit der Südstaatenflagge herbeieilte. «Mann, du warst doch schon tot!»

31 Nelson saß auf der Schaukel und ließ sich weit in die Höhe schwingen. Er stellte sich vor, wie es wäre, am höchsten Punkt abzuspringen, die Arme auszubreiten und über das Schilf und das Wasser zu fliegen, sich vom Wind davontragen zu lassen, über den ganzen Julensee bis ans andere Ufer.

Natürlich wagte er es nicht. Aber er hatte die Tasche mit den Noten dabei. Und weil er ein bisschen böse war, ein bisschen auf die Noten in seiner Tasche, die so schwierig waren, und ein bisschen, weil er selbst nicht fliegen konnte, ließ er die Tasche am höchsten Punkt der Schaukel durch die Luft sausen. Er warf die Tasche nicht weg, er ließ sie einfach nur los, fast aus Versehen. Er wollte sehen, wie weit sie fliegen würde. Die Tasche schwebte im weiten Bogen zum See, dreht sich dabei zweimal um sich selbst und landete einen Schritt vor dem Wasser im Gras.

Nelson war erschrocken, wie weit sie flog, fast zu weit, und er war nun froh, dass sie nicht im Wasser gelandet war. Er bremste mit den Füßen am Boden ab, Staub wirbelte auf, zweimal, dreimal, bis die Schaukel stillstand und er abspringen konnte. Als er auf dem weichen Sand landete und ein Stück auf dem Hosenboden hinunterrutschte, hörte er eine Fahrradkette an das Blech schlagen. Jemand war gekommen.

Nelson ließ die Tasche liegen und rannte zwischen die Sträucher hinein, damit man ihn nicht sehen konnte. Er stieg die Böschung schräg hoch, schlug den Weg nach Neumühl ein und entfernte sich dabei von der Schaukel.

Nelson hatte seine Tasche nicht vergessen. Aber nun kam ihm eine Idee. Es war ja *möglich*, sie zu vergessen. So was passierte. Genau so, wie man einen Bus verpassen konnte. Dann würde er am Abend nicht spielen können.

Nelson ging zwischen den Bäumen, die um ihn herum rauschten, und überlegte, ob ihn das wirklich vor dem Vorspiel bewahren würde. Möglich war es. Gleichzeitig bedrückte ihn der Gedanke, dass er die Tasche nicht wiederbekommen würde, wenn er sie am See liegen ließe.

Nelson drehte um und ging nochmals zurück. Er ging vorsichtig, zögernd und sah sich aufmerksam um.

Dann sah er die zwei Personen am Fuß der Böschung. Sie lagen im Gras und umarmten sich. Er kannte die beiden.

Nelson wusste, dass er das nicht sehen sollte.

Er rannte weg.

32 Frau Feltz rieb mit dem Zeigefinger einen kleinen weißen Fleck von ihrer Ledertasche. Wird wohl Kaffeesahne sein, dachte sie. Der Bus schaukelte über die Straße entlang des Julensees. Dann hob sie ihren Blick und schaute wieder durch das Fenster hinaus.

Frau Feltz arbeitete bei der Märkischen Sparkasse in Krugen. Jeden Tag fuhr sie um sechzehn Uhr mit dem Bus von Krugen nach Neumühl. Sie genoss ihre Fahrt in den Feierabend, den See entlang, die Sonne stand im Westen, tief über dem gegenüberliegenden Seeufer, die Baumstämme wurden seitlich angestrahlt und mit einem goldenen Schimmer überzogen, das Laub leuchtete so grün wie den ganzen Tag nie.

«Und der See», sagte sie.

Ja, der Julensee sah für sie jeden Tag aus wie neu. Als hätte sie ihn noch nie gesehen. Dabei sah sie diesen See seit zweiundfünfzig Jahren mehrmals täglich, ein paar Urlaubstage mal abgezogen.

«Ich kann mich nicht sattsehen an diesem See», sagte sie.

Er war grau, blau, nein, blau war er eigentlich selten, aber grün wie Erbsensuppe, schwarz wie Tinte, weißgeflockt, oliv, ölig. Jeden Tag anders. Eigentlich hatte er keine eigene Farbe. Er war wie ein Spiegel, der die Farben des Himmels wiedergab.

«Und was für eine Farbe hat ein Spiegel? Na, siehste», sagte Frau Feltz.

Und dahinter, hinter dem See, ein dünner Streifen hellgrünes Röhricht, darüber nochmals ein dünner Streifen graublauer Wald.

«Das ist meine Augennahrung», sagte sie, «die brauch ich wie die Luft zum Atmen.»

An diesem Freitagnachmittag sah sie jedoch noch etwas anderes. Zwischen Krugen und Neumühl rannte ein

Kind neben der Straße her. Das war ungewöhnlich. Es war nämlich ein kleines Kind, ein Grundschüler. Und die haben auf der Straße zwischen Krugen und Neumühl nichts zu suchen. Allein sowieso nicht. Ein Radfahrer vielleicht mal, aber keine Fußgänger. Direkt neben der Kreisstraße geht niemand spazieren. Und dieses Kind rannte sogar.

Stunden später würde sie dann, so gegen zweiundzwanzig Uhr, den Polizeiwagen neben dem Mühlenhotel stehen sehen. Frau Feltz war bei ihrem Vater zu Besuch, wo sie zweimal die Woche nach dem Rechten sah. Ihr Vater wohnte in dem kleinen roten Haus direkt neben dem Hotel. Und weil sie Polizeihauptmeister Hirschhorn kannte, der zusammen mit einem jüngeren Kollegen zum Wagen kam, würde sie ein paar Worte mit ihm wechseln und erfahren, dass ein Kind vermisst wurde.

Frau Feltz war bereit, eine Aussage zu machen. Sie gab an, dass sie sich um sechzehn Uhr auf der Fahrt von Krugen nach Neumühl sehr darüber wunderte, was ein Schulkind dort allein zu suchen hatte. Frau Feltz ging sogar so weit und sagte, dass sie sich eigentlich ziemlich sicher war, dass es der Junge der Familie Petri war, den sie dort gesehen hatte. Polizeihauptmeister Hirschhorn zeigte ihr ein Foto, und sie nickte und bestätigte, dass sie den Jungen kannte, auch wenn ihr sein Vorname im Augenblick nicht einfiel.

«Nelson», sagte Hirschhorn, und Frau Feltz nickte: «Ja, genau.»

«Leute gibt's im Dorf», würde sie später ihrem Mann

erzählen, «so was gab's früher nicht.» «Früher», das bedeutete in ihrem Sprachgebrauch die Zeit vor dem Mauerfall, und «Inzwischen» bedeutete die Zeitspanne vom Begrüßungsgeld bis heute. Das waren die zwei Kategorien, in denen sich Geschichte für sie darstellen ließ. Früher und inzwischen. Je länger das Inzwischen dauerte, desto besser fand Frau Feltz es früher. Obwohl es ihr genau genommen inzwischen besserging als früher, aber was hieß schon besser? Materiell vielleicht besser, aber seelisch? Nein, das konnte sie wirklich nicht behaupten.

«Nur der See», sagte Frau Feltz, «der bleibt.»

33 Als sich Gabriel Ballina und Sanna Petri zu Beginn des Schuljahres im Supermarkt von Krugen begegneten, war das ein Zufall.

Seit der Elternversammlung kaufte Ballina zwar nun regelmäßig im Bioladen ein. Am Freitagmorgen fuhr er aber immer nach Krugen in den Supermarkt, um für das Wochenende einzukaufen. Am Freitag überließ Iris ihm deswegen ihren Renault und fuhr mit der Regionalbahn zur Arbeit. Den schicken Mini Cooper kaufte sie sich erst nach der Trennung. Zum Trost.

Ballina stand vor dem Weinregal und vergaß beim Studium der Angebote die Zeit. Nach einer Weile musste er seinen Einkaufswagen beiseiteschieben, weil jemand hinter ihm vorbei wollte. Es war Sanna.

«Oh, hallo, welche Überraschung», sagte er erfreut.

Sanna freute sich ebenfalls, ihn zu sehen.

Ballina blickte neugierig in ihren Einkaufswagen, weil er sich wunderte, sie hier zu treffen, und entdeckte zwei große Schachteln Schokoflakes. Sie bemerkte seinen Blick und die unausgesprochene Frage und sagte: «Alles gibt es im Bioladen leider nicht.»

Ihre Wege durch die Regalreihen kreuzten sich noch einige Male, und es war schon nicht mehr ganz zufällig, dass sie fast zur selben Zeit die Kasse passierten. Auf dem Parkplatz beeilte sich Ballina, den Einkaufswagen gleichzeitig mit Sanna zurückzustellen.

«Hätten Sie Lust, noch einen Kaffee trinken zu gehen?», fragte er, und Sanna sagte: «Gute Idee. Übrigens haben Sie Ihren Euro im Einkaufswagen stecken lassen.»

«Als Elternvertreter derselben Klasse könnten wir uns eigentlich duzen», schlug Ballina vor.

«Sehr gern», sagte Sanna.

Sie saßen eine ganze Stunde in der Cafeteria des Krugen-Parks und unterhielten sich angeregt. Dann hatte Sanna eine etwas delikate Anfrage, von der sie nicht wusste, ob sie diese wirklich an ihn richten durfte.

«Nur zu», scherzte Ballina, «wirf dein Herz voraus und folge ihm.»

«Es geht um Nelson», begann Sanna. «Ich weiß nicht, ob das was wird mit seinem Klavierspiel.»

Ballina wusste, dass Nelson von Frau Haas unterrichtet wurde. Er hatte den Jungen schon mal bei einem Vorspiel gehört und fand, dass er durchaus ein musikalisches Kind sei. Auch wenn noch nicht alles gleich klappte, wie sich Ballina ausdrückte.

«Ja schon», meinte Sanna, «aber irgendwie läuft es nicht richtig. Ich glaube, er fühlt sich bei Frau Haas nicht wirklich wohl. Dann sehe ich Schüler von anderen Lehrern und frage mich, ob und wie ein Lehrerwechsel vielleicht stattfinden könnte.»

«Hast du denn an jemand Bestimmten gedacht?», fragte Ballina und hoffte, dass er selbst es wäre. Seine Eitelkeit brauchte er vor sich selbst nicht zu verstecken.

Sanna lächelte ihm zu und sagte: «Ja, ich denke da an jemand Bestimmten, an einen Mann, den Lehrer von Jonas Maller.»

Damit war er gemeint, und er freute sich darüber.

«Jonas», sagte Ballina, «ich meine, es liegt nicht immer am Lehrer, wie ein Schüler spielt, obwohl der Lehrer natürlich nicht ganz unwichtig ist. Jonas spielt schon etwas länger und ist auch recht fleißig.»

«Wäre es denn ein Problem, den Lehrer zu wechseln?», fragte Sanna.

«Im Prinzip ist es schon möglich», sagte Ballina und überlegte sich, wie es zu begründen wäre. «Es ist ein nicht ganz unsensibler Bereich, den wir da betreten», sagte er und hatte für einen kurzen Augenblick vergessen, worüber sie überhaupt sprachen.

Zwei Wochen später war er Nelson Petris neuer Klavierlehrer.

34 Lieschen malte.

«Was malst du denn da Schönes?»

Lieschen wollte es nicht sagen und malte weiter.

Sanna war viel zu spät gekommen. Lieschen war böse.

«Wollen wir nach Hause gehen?», fragte Sanna.

Mit etwas Phantasie konnte man in Lieschens Gekrakel Fische erkennen. Grüne Fische. Oder Äpfel mit Blättchen am Stiel? Vielleicht waren es auch unförmige Sterne. Lieschen war zweieinhalb Jahre alt und das Nesthäkchen der Familie Petri. Bis halb vier blieb sie für gewöhnlich in der Kindertagesstätte. An diesem Freitag aber war es beinahe fünf geworden. Anderthalb Stunden später.

Sanna richtete sich auf und ging zur Garderobe hinaus. Lieschen schrie auf und rannte hinterher.

«Ja, ist ja gut», sagte Sanna und kniete neben ihr nieder. «Darfst du das Bild mitnehmen? Dann kannst du es zu Hause fertigmalen.»

Als Sanna um fünf mit Lieschen nach Hause kam und durch den Garten ging, fiel ihr sofort das Graffiti auf. Sie lehnte das Fahrrad an den Baum und blieb fassungslos vor der Backsteinmauer stehen. Die Farbe war an einigen Stellen so dick aufgesprüht worden, dass sie von den Unterseiten der Buchstaben hinabgelaufen war.

ARSCHLOCH

Sanna wusste gleich, wer das geschrieben hatte. Sie war erschrocken über die Wut, die ihr aus den großen Lettern entgegenschrie. Dann wurde sie von Lieschen aus ihren Gedanken gerissen.

«Zu», sagte das Mädchen und hing mit dem ganzen Gewicht an der Türklinke. Eigentlich müssten Lara, Tom und Nelson um diese Zeit zu Hause sein, dachte Sanna. Sie nahm die Tüte mit dem Gemüse vom Fahrrad, schloss mit dem Schlüssel das Haus auf und ging hinein. Keiner war da. Das war seltsam.

Trotz des geschlossenen Fensters war der unruhige Wind auch im Haus zu spüren. Julenwind. Das Rauschen der Bäume, das Klappern einer Schuppentür, der helle Schlag eines aufschlagenden trockenen Astes auf dem Blechdach.

Wo waren die Kinder?

Am Freitag hatte Lara eigentlich um drei Schulschluss. Wieso war sie nicht hier? Sanna hatte ihr am Morgen gesagt, dass sie für sich und Nelson Mittagessen machen sollte. Wenn Lara nur nicht wieder am Bahnhof Potsdam herumlungerte. Und wo war Nelson? Dass Tom nicht da war, verwunderte Sanna nicht. Der war in letzter Zeit dauernd unterwegs. Was Oschi wohl zu dem Graffiti sagen würde? Sie wollte es sich gar nicht erst vorstellen. Sie konnte ja nachher mal versuchen, ob das wegzumachen war.

Sanna stand am Wohnzimmerfenster und betrachtete die Häuser und Gärten von Neumühl. Der Himmel wird bald ganz bedeckt sein, dachte sie, und dann kommt der Regen. Die Blätter der Bäume flimmerten hell, wenn der Wind in sie hineinfuhr. Wie ein großes Schiebedach schloss sich die Wolkendecke von West nach Ost.

Sanna hörte den Bus auf dem Platz.

Vielleicht kam jetzt eins der Kinder, oder es kamen gleich beide. Lara aus Potsdam und Nelson aus der Klavierstunde in Krugen. Um achtzehn Uhr war das Vorspiel in der Kirche. Vorher mussten die Noten sortiert werden und die Kinder etwas essen.

Sanna ging in die Küche und öffnete den Kühlschrank. Lara hat in der Schule zu Mittag gegessen, aber Nelson wird Hunger haben, dachte sie. Leider war er beim Essen sehr wählerisch. Das Essen im Schulhort ließ er immer stehen. Die Erzieherinnen hatten ihr schon im letzten Schuljahr nahegelegt, Nelson für das Schulessen abzumelden. Weil er kaum etwas anrührte.

«Das Geld können Sie sich sparen», wurde ihr gesagt.

Also packte sie ihm nun immer etwas ein. Brote, Obst, Müsliriegel, eine Flasche mit Tee. Aber wenn er dann nach Hause kam, hatte er immer Hunger. Sie wusste, was Nelson essen würde, und hatte auch keine Probleme damit. Nelson ernährte sich gesünder als die meisten Kinder. Er aß viel Rohkost und Nudeln, Kartoffeln, Reis, Käse, alles Mögliche, aber immer ohne Soße, nichts Überbackenes, kein gekochtes Gemüse, keine Eintöpfe, keine Suppen. Was er nicht als solches erkennen konnte, wurde nicht angerührt. Es war ihr schon klar, dass das irgendwann nicht mehr gehen würde und dass sein Essverhalten bedenkliche Züge einer Neurose aufwies, aber sie stellte ihm eben hin, was er mochte, und verschob die Auseinandersetzung auf später. Sie nahm eine Plastikbox mit Vollkornnudeln aus dem Kühlschrank, öffnete sie, roch daran. Die waren noch in Ordnung. Während das

Wasser im Topf heiß wurde, schnitt sie eine halbe Gurke in Scheiben, schälte zwei Möhren und ein Stück Kohlrabi und richtete das Gemüse auf einem kleinen Teller an.

Durch das Küchenfenster sah sie zwar die Bushaltestelle neben dem Parklatz des Mühlenhotels. Die Sträucher verhinderten aber im Sommer, dass sie die aussteigenden Fahrgäste sehen konnte. Dafür sah sie den Polizeibeamten, der mit dem Lasergerät durch eine Lücke in der Hecke die Autos anpeilte. Der andere Beamte trat gerade mit erhobener Signalkelle auf die Straße hinaus.

Wenn die Busfahrgäste jeweils ausgestiegen waren, wendete der graue Linienbus und wartete auf der anderen Seite des Platzes, bis er wieder über Krugen nach Potsdam zurückfuhr.

Sanna stellte den Teller mit dem Gemüse auf den Esszimmertisch und trat auf den Balkon hinaus, um ihre Kinder zu begrüßen. Lara kam auf dem unbefestigten Weg auf das Haus zu. Sie war fast vierzehn, großgewachsen und ausgesprochen hübsch, fand Sanna. Die Leute sagten oft, dass Lara ihr wie aus dem Gesicht geschnitten sei, aber Sanna fand die Ähnlichkeiten recht oberflächlich, sie beschränkten sich auf die Statur und die Haarfarbe. In den Details erkannte sie in Lara vor allem ihren Mann wieder, seine vollen Lippen, die schrägstehenden Augen.

Nelson war auf dem Weg noch nicht zu sehen, aber das war immer so, wenn die beiden zusammen vom Bus kamen. Nelson ging meistens einige Schritte hinter seiner älteren Schwester her. Sanna winkte ihrer Tochter zu, dann hörte sie drinnen den Deckel des Kochtopfes klappern und ging wieder hinein, um die Nudeln ins Wasser zu werfen.

So richtig glücklich war Sanna nicht mit dem Verlauf der Mittagszeit. Sie waren sechs Personen in der Familie, und jeder kam zu einer anderen Zeit nach Hause oder gar nicht und hatte dann entweder Hunger oder bereits gegessen. Sannas Mann Oschi blieb mittags fast immer in der Marina und aß etwas bei Inge an der Imbissbude. Manchmal tauchte er aber unerwartet auf, schnupperte in die Küche rein und fragte, ob für ihn zufällig noch was da sei. Lieschen hatte in der Kita gegessen. Nelson kam normalerweise um drei vom Hort und hatte dann Hunger. Am Freitag wurde es sogar halb vier. Lara kam entweder um halb vier oder halb fünf mit dem Bus und hatte meistens in der Schule gegessen. Tom, mit bald sechzehn, kam und ging inzwischen, wann es ihm passte. Es ihm recht zu machen oder ihn zu einer verbindlichen Absprache zu verpflichten, hatte Sanna aufgegeben.

Tom war zur Zeit in einer schwierigen Phase. Er gegen den Rest der Welt. Die meisten Kämpfe trug er mit seinem Vater aus. Sanna hatte die Konflikte nicht noch weiter anheizen wollen und sich um Schadensbegrenzung bemüht. Das Graffiti ging aber eindeutig zu weit.

Sanna hörte, wie die Haustür aufging, dann hörte sie ihre Tochter rufen: «Wer hat denn das an die Wand geschrieben? Habt ihr das gesehen?»

Sanna trat in den Flur. Lara schlüpfte aus ihren Schuhen und fragte: «War das Tom?»

«Wo ist Nelson?», fragte Sanna, ohne auf die Frage ihrer Tochter einzugehen.

«Wieso soll ich wissen, wo Nelson ist, ich bin doch gerade erst nach Hause gekommen», antwortete Lara. «Wer hat da draußen ‹Arschloch› hingeschrieben?»

«Ich weiß es nicht», antwortete Sanna unwillig. «Wo warst du überhaupt? Du hast doch freitags um drei Schluss?»

Lara war kurz angebunden: «Wir hatten noch was zu besprechen. Wieso fragst du überhaupt mich, wo Nelson ist?»

«Weil er nicht da ist», antwortete Sanna. «Ich habe dir doch am Morgen gesagt, dass ich heute etwas später nach Hause komme.»

«Hab ich vergessen», sagte Lara.

Sanna dachte an den Grund ihrer eigenen Verspätung und hörte auf, ihrer Tochter Vorwürfe zu machen. Sie ging in die Küche zurück, kippte die aufgekochten Nudeln ins Plastiksieb, schnitt ein Stück Butter ab und legte es obenauf. «Hast du schon gegessen?»

«Nee, es gab wieder dieses widerliche Hühnerfrikassee.» Lara stellte ihre Tasche im Flur auf den Boden, kam in die Küche und guckte in den Kühlschrank.

«Ich habe ein paar Nudeln gemacht», sagte Sanna, «die reichen auch für zwei. Wenn du willst, brate ich dir ein paar Zucchini dazu.»

«Ist das jetzt Mittagessen oder Abendbrot?», fragte Lara.

«Wie du willst», sagte Sanna. «Hier macht ja jeder, was er will.»

«Und wo ist Nelson jetzt?», fragte Lara, während sie den Glaskrug mit Eistee zum Tisch trug.

«Das weiß ich eben nicht», sagte Sanna, «er hätte um drei Uhr mit dem Bus kommen sollen. Ich dachte, du kommst auch um drei.»

Lara goss sich schweigend ein Glas mit Eistee ein.

Sanna fragte sich, ob sie über irgendetwas nicht informiert war oder etwas verwechselt oder vergessen hatte. Sie ging zum Terminkalender, der im Esszimmer über dem Telefon hing und sah nach: «18.00 Klassenvorspiel», war an diesem Freitag vermerkt, sonst nichts. Wo also war Nelson?

«Mama, guck», sagte Lieschen und zeigte ihr das vollgekritzelte Blatt.

«Schön», sagte Sanna und dachte nach. Ballina hätte ihr bestimmt erzählt, wenn Nelson nicht zur gewohnten Zeit im Unterricht gewesen wäre. Sie ging vor die Haustür und schaute unter der Schwelle nach, ob der Schlüssel an seinem Platz lag. Dann ging sie durchs Haus und auf den Balkon hinaus. Vielleicht hatte Lara ihren kleinen Bruder übersehen, und er war doch im Bus?

Auf dem Weg vor ihrem Haus war niemand zu sehen.

«Machst du dir bitte die Zucchini, ich schau mal nach, wo er bleibt», sagte sie zu Lara, und zu Lieschen: «Mama ist gleich wieder da.»

«Nelson war nicht im Bus», rief Lara ihr hinterher, aber Sanna war schon unterwegs und durch das Gartentor geschlüpft.

35 Der Weidenweg beschrieb einen leichten Bogen und führte zum Platz neben dem Mühlenhotel. An beiden Seiten war der Weg von Heckensträuchern bewachsen, so dass Sanna ihn nicht ganz überblicken konnte. Mit jedem Schritt sah sie ein Stück weiter und erwartete jeden Augenblick, ihr Kind auftauchen zu sehen. Nelson, der ihr entgegenkam wie immer, die Tasche mit den Noten über die Schulter gehängt, den Blick gedankenverloren zu Boden gerichtet, wo er mit den Schuhen Staubwolken aufwirbeln ließ.

Aber er kam nicht.

Der Weg war leer, und auch der Platz unter den Bäumen und die Straße waren leer. Der Bus war inzwischen wieder in Richtung Potsdam abgefahren.

Sanna sah das Polizeiplakat an der Haltestelle. Darauf war das Gesicht eines Mannes zu sehen. Sein Gesicht sah aus, als ob der Mann schlafen würde. Etwa ein Kilometer vor dem Ortseingang war vor einigen Wochen ein unbekannter Toter gefunden worden. Einsachtundsiebzig groß, fünfundachtzig Kilo schwer. Zwischen dreißig und vierzig Jahre alt. Er fiel einem Gewaltverbrechen zum Opfer. Anschließend wurde er zwischen Krugen und Neumühl am Straßenrand abgelegt. Davon ging die Polizei aus.

Mit Nelson hat das nichts zu tun, sagte sich Sanna.

Der Mann sah furchterregend aus. Bis heute war der Tote nicht identifiziert worden. Obwohl die Polizei an den Bushaltestellen diese kleinen Plakate mit dem Foto seines instand gesetzten Gesichts aufgehängt hatte.

Abend

36 Der Wind rauschte in den Baumkronen, während sich Sanna vom unschönen Konterfei des Toten abwandte. Ihr Blick fiel auf die beiden Polizeibeamten, die hinter der Hecke ihre Geschwindigkeitskontrollen durchführten. Sannas erster Impuls war, hinzugehen und sie zu fragen, ob sie nicht einen neunjährigen Jungen gesehen hätten, der vorhin aus dem Bus ausgestiegen war. Aber sie verwarf den Gedanken gleich wieder. Zu oft wurde ihr vorgehalten, ständig sehe sie überall Katastrophen. Vielleicht war Nelson aus irgendeinem Grund einfach zu seinem Papa in die Marina gegangen.

Als Sanna in den Weidenweg einbiegen wollte, kam ihr Mia Reiser entgegen. Ein hübsches Mädchen mit blauen Augen und kurzen schwarzen Haaren. Sanna wusste nicht, was für eine Beziehung es genau war, die ihr sechzehnjähriger Sohn mit dem gleichaltrigen Mädchen verband.

Sie gingen in dieselbe Klasse, hatten eine Band gegründet und verbrachten viel Zeit miteinander. Aber dazu gehörten auch noch ein paar andere. Sanna wusste immerhin, dass es für Tom ein großes Problem war, im Sommer nicht mit Mia nach Kuba reisen zu dürfen. Und Sanna war sich ziemlich sicher, wer mit den Schmierereien in ihrem Garten gemeint war. Aber genau wie

Oschi fand auch sie, dass die Kinder noch etwas jung für eine solche Reise waren.

«Hallo», sagte Mia, «ich wollte mal gucken, ob es Tom wieder bessergeht. Aber er ist wohl nicht da.»

«War er denn nicht in der Schule?», fragte Sanna.

Mia lächelte verlegen, als sie merkte, dass sie etwas verraten hatte. «Nein.»

«Keine Ahnung, was los ist», sagte Sanna, «aber heute scheinen alle irgendwie zu verschwinden.»

Mia schien es etwas peinlich zu sein. Sie wollte nicht länger mit Toms Mutter reden und ging weiter.

37 Auf dem Weg zurück zum Haus wuchs Sannas Ärger. Sie wusste nicht, was sie davon halten sollte, dass zwei ihrer Kinder sich irgendwo herumtrieben, ohne ihr Bescheid zu geben. Das hatte ihr an diesem Tag gerade noch gefehlt.

Sie ärgerte sich auch über die bescheuerte Situation, der sie ihre Sorge zumindest teilweise zu verdanken hatte. Dass die Kinder ins Nachbardorf Krugen zum Musikunterricht fahren mussten, war absurd.

Sanna war wütend auf den Bürgermeister, der sich allen Bitten, Anfragen, Aufforderungen gegenüber resistent gezeigt hatte.

«Andere Bundesländer», hatte Sanna ihm bei einer Sitzung der Schulkonferenz vorgehalten, «gewährleisten ihren Grundschülern kostenlosen Instrumentalunterricht, und die Gemeinde Neumühl will ihnen nicht mal die

Unterrichtsräume, die nachmittags leer stehen, dafür zur Verfügung stellen – das kann doch nicht Ihr Ernst sein!»

«Von der Sache her», entgegnete der Bürgermeister, «muss ich sagen, dass ich irgendwo mal in erster Linie Geschäftsmann bin und für die Finanzen der Gemeinde verantwortlich.»

Sanna hatte Briefe geschrieben, Unterschriften gesammelt, hatte mit dem Sozialausschuss der Gemeinde gesprochen, mit der Direktorin der Grundschule. Und was hatte ihr das gebracht? Dass sie jetzt ihr Kind suchen musste!

Wie konnte ein Politiker heute so etwas sagen. Dass die Finanzen wichtiger als unsere Kinder waren. Es müsste doch jedes Mittel recht sein, die Kinder von der Straße und vom Computer wegzuholen, dachte sie. Was gerade in der Schule vorgefallen war, ist nun die Quittung dafür.

Fritjof Hacke hatte es ihr hinter vorgehaltener Hand erzählt. Jemand hatte in den Seifenspender der Lehrertoilette gekackt. Wahrscheinlich die Jugendlichen, die vor einer Woche in die Schule eingebrochen waren. Die Ortskenntnisse der Einbrecher ließen vermuten, dass es ehemalige Schüler waren.

Sanna ging wieder ins Haus. Lara saß am Küchentisch und aß Nudeln.

«Kannst du Lieschen bitte auch ein paar abgeben», sagte Sanna, «wir müssen gleich zum Vorspiel, und Nelson ist immer noch nicht da.»

Sanna nahm das Telefon und versuchte, ihren Mann in

der Marina zu erreichen. Mit dem Hörer am Ohr schaute sie in den Garten hinaus. Ihr Blick fiel auf den Kamin, an dem Oschi seit Wochen abends gemauert hatte. Ein schöner Backsteinkamin mit Rundbogen, hohem Schornstein und einem überdachten Sitzplatz. Darunter stand ein roh gezimmerter Tisch mit Bänken. Ein idyllisches Bild, das nun durch die hässlichen Buchstaben verunstaltet war. Es fiel Sanna wieder ein, dass sie versuchen wollte, die Farbe wegzumachen. Sie ließ es klingeln und wartete darauf, dass ihr Mann endlich abhob.

38 Das Handy lag hinter der Windschutzscheibe des Motorboots auf einem kleinen Stück Teppich, damit es bei Wellengang nicht hin- und herrutschte. Das Boot schwamm vorne am Steg. Niemand hörte die Melodie des Klingeltones: «Wir sind alle über vierzig –»

Oschi, von dem kaum einer seinen richtigen Namen Oswald kannte, hatte einen frischlackierten Holzkutter am Kran hängen. Er zog ihn mit der rechten Hand in die richtige Position und betätigte mit der anderen Hand die Fernbedienung der elektrischen Winde. Der Kutter schwebte nieder und landete exakt auf den Polstern des Slipwagens. Oschi entfernte die Tragegurte, dann ließ er den Slipwagen über die zweite Winde langsam ins Wasser hinunterrollen.

«Hast du ihn?», fragte er den Eigner, einen kleinen stämmigen Mann aus Krugen. Der nickte und lief, den Festmacher in der Hand, über den Steg. Dann schwamm der Kutter, und Oschi zog den Slipwagen mit der Winde wieder aus dem Wasser. Er wartete, bis der Mann sein Boot ordentlich festgebunden hatte, dann ging er mit ihm zum kleinen Wohnwagen, der ihm als Büro diente.

«Marina» war eine schamlos übertriebene Bezeichnung für die Ansammlung von improvisierten Stegen, die sich als Stückwerk immer weiter in den See hinauswagten. Holzpfähle, verzinkte Eisenrohre, Gerüststangen, alles Mögliche wurde benutzt, um noch ein paar Meter und ein paar Stegplätze für kleinere bis mittlere Boote zu gewinnen. Nur die äußersten Plätze waren tief genug für Kielsegelboote. Es war eine abenteuerliche Ausstellung von selbstgebauten Kajütbooten, die in Oschis Marina zu besichtigen war. Auf winzigen Rümpfen türmten sich große Aufbauten, manche sahen aus wie schwimmende Gewächshäuser, andere wie Alphütten. Zwischendurch schwamm auch mal ein schöner Mahagonikreuzer oder ein regattataugliches Segelboot. Die ganze Anlage bot Platz für etwa dreißig Boote, die von Ostern bis Ende Oktober hier lagen. Das machte einen Teil von Oschis Einnahmen aus. Einen anderen Teil verdiente er dadurch, dass Leute bei ihm ein Boot ins Wasser lassen oder herausnehmen wollten. Dreißig Euro kassierte er dafür. Einiges verdiente er als gelernter Metallbauer durch den Bau von Mastlegevorrichtungen oder anderen maßgefertigten Teilen aus Edelstahl, Ruderköpfen, Motorhalterungen und dergleichen. In Seglerkreisen rund um den Julensee war er für seine gute Arbeit bekannt. Außerdem konnte man bei ihm alles bestellen, was es an Wassersportzubehör gab. Oschi bekam die Ware zu Großhandelspreisen von einer Zulieferfirma. Den Rabatt gab er fast ganz an die Kunden weiter.

«Das macht mich nicht reich, aber beliebt», sagte er.

Oschi hatte aber auch Pläne für die Zukunft. Die fertigen Baupläne für eine neue, große Steganlage gab es bereits. Die vorläufige Genehmigung des Wasser- und Schifffahrtsamtes lag ebenfalls vor. Die Sparkasse hatte zugesagt, die Finanzierung zu übernehmen. Nur die Gemeinde Neumühl als Verpächterin schob die Entscheidung seit längerer Zeit vor sich her. Oschi hatte Informationen eingeholt und erfahren, dass der Bürgermeister einen anderen, noch ungenannten Interessenten bevorzugen würde.

«Hafenbüro» stand hingepinselt über der Tür des hellblau lackierten Wohnwagens. Oschi kassierte von seinem Kunden die Slipgebühr und stellte eine Quittung aus. Er hob den Blick und sah Sanna, die ihr Fahrrad außerhalb des Zauns abstellte. Sie betrat das Gelände und kam auf ihn zu, allein, ohne Kinder, zwei Sorgenfalten auf der Stirn.

«Ist was los?», fragte er.

39 Was kommst du so spät, liebe Jule?

Es ist doch schon dunkel. Der Mond steht über dem Dorf, rund und hell. Bist du deswegen noch unterwegs?

Wo warst du so lange?

Dein Herz schlägt leicht und schnell. Du kommst barfuß über die Wiese. Dein Haar ist noch nass. Auch dein Kleid. Du hast im See gebadet. Um deinen dünnen Hals trägst du ein Seidentuch, ein langes rotes Seidentuch.

Die Mühle steht schwarz und hoch. Der Wind weht, aber die Flügel drehen sich nicht. Der Bremsbalken ist festgezogen. Du bückst dich unter dem Steert hindurch und springst die schmale Holztreppe hoch. Deine bloßen Füße machen kein Geräusch auf den Stufen. Jetzt lauschst du an der Tür. Du hörst nichts und drückst sie auf. Du denkst, der Müller schläft immer noch seinen Rausch aus. Der schnarcht da oben auf dem Absackboden und wird erst morgen wieder wach. Du willst leise die Tür hinter dir zudrücken, da reißt dich etwas an den Haaren. Du schreist vor Angst. Es ist der Müller, der flucht und schimpft, er reißt dich hin und her, und dein Kopf stößt an einen Balken.

Er schreit dich an: Wo warst du, untreues Weib?

Du kannst nichts sehen. Der Mond scheint schwach durch das Fenster herein. Der Müller dreht deine langen Haare um seine Faust und schlägt dich mit der anderen ins Gesicht.

Wo warst du, Weib?

Der Müller brüllt wie ein Ochse. Er stinkt nach Fusel und Erbrochenem. Er hat dich fest im Griff und schlägt und schlägt.

Arme Jule, wärst du doch in Schlesien geblieben.

Du zappelst und schreist und rufst um Hilfe. Aber niemand hört dich. Die Fischer und Bauern in ihren Hütten schlafen längst. Weit weg bellt ein Hund. Niemand hört dein Rufen und Weinen, Jule. Niemand hilft dir. Du bist allein, weit weg von zu Hause.

Du trittst den Müller mit deinen bloßen Füßen, aber das merkt der nicht. Er hält dich am ausgestreckten Arm, dein Haar um die Faust gewickelt. Es gibt kein Entrinnen.

Wärst du doch nur nicht zurückgekommen, liebe Jule. Wärst du doch fortgegangen mit dem anderen. Weit fort und nie mehr zurück. Jetzt ist es zu spät.

Was hast du da am Hals?, schreit der Müller und zerrt an deinem Seidentuch. Was hast du da am Hals, du Hure?

Du kratzt ihm die Arme blutig. Er schlägt dich ins Gesicht. Er greift einen Stock, der neben der Tür steht, und prügelt auf deinen Rücken ein. Er stößt dich aus der Tür und die steile Holzstiege hinunter. Du stolperst und fällst über die Stufen hinunter und brichst dir den Arm und die Nase.

Der Müller hört nicht auf. Der hat nie genug. Er packt dich erneut an den Haaren und schleift dich durchs Gras. Er schlägt dich. Du wimmerst, Jule, noch lebst du, aber der Müller knotet jetzt das Seidentuch fest um deinen Hals und bindet es am Mühlenflügel fest. Er bindet dich an wie einen Hund. Aber ein Hund hat es gut, verglichen mit dir.

Der Müller poltert die Holzstiege hoch und verschwindet in der Mühle.

Jetzt weißt du, Jule, was er will.

Deine Finger versuchen verzweifelt, den Knoten zu

lösen. Sie zerren vergebens am Seidentuch. Du willst es zerreißen, aber das Seidentuch lässt sich nicht zerreißen. Seide ist stark.

Du spürst das Ziehen am Hals und stellst dich auf die Zehenspitzen. Jetzt lüftet der Müller den Bremsring vom Radkranz. Noch drehen die Flügel nicht. Aber der Müller kommt nun die Stiege heruntergepoltert, um seine Tat zu vollenden.

Du willst dich am Seidentuch hochziehen, arme Jule, damit das Würgen am Hals ein Ende hat. Wie lang reicht deine Kraft, Jule? Wie lange hältst du das aus?

Der Müller hört nicht auf. Er zieht den Steert mit der Winde herum und dreht die Mühle in den Wind. Nun fangen die Flügel an, sich zu drehen. Ach, arme Jule, du steigst in die Höhe, höher als die Mühle, als die Bäume, immer schneller reißt dich der Flügel in die Nacht hinauf. Und lässt dich von hoch oben wieder nieder und schleift dich erbarmungslos durchs Gras, du versuchst zu rennen, aber es geht zu schnell. Und als du zum zweiten Mal ganz oben bist und wieder herabsinkst, hängen deine Arme schlaff am Körper. Deine Glieder zittern noch und zucken.

Und die Flügel drehen weiter.

Immer im Kreis.

40 Im Herbst neunundachtzig, als die Berliner Mauer fiel, trat Sanna ihre erste Stelle als Lehrerin an. Das war an einer Grundschule in der Kleinstadt Rathenow westlich von Berlin. Eine junge Kollegin, mit der sie sich gleich zu Beginn anfreundete, lud sie Ende November zum Abendessen bei sich zu Hause ein. An jenem Abend lernte Sanna auch den Bruder ihrer Kollegin kennen. Oswald war ein o-beiniger Kerl mit krächzender Stimme und entwaffnender Direktheit. Er hatte eine Gitarre dabei und sang im Lauf des Abends einige Lieder, die sie kannte.

Zeit, die nie vergeht.

Feuer im Eis.

Schlaf mit mir.

Oschi arbeitete in einem Metallbaubetrieb, erfuhr Sanna, und war erfolgreicher Regattasegler. Das Hauptthema an diesem Abend war natürlich die Öffnung der Grenzen. Oschi hatte schon Pläne, nach Amerika zu gehen. Irgendwohin, wo es Segelboote gab und gute Musik gemacht wurde.

«Willste mit?», fragte er Sanna, blickte sie dabei an, als erwarte er eine ernsthafte Antwort von ihr. In diesem Augenblick hatte sie sich in ihn verliebt. Die Amerikapläne wurden auf die lange Bank geschoben, aber sie wurden ein Paar.

Zwei Jahre später wurde Tom geboren. Oschis Liebling, sein Augenstern. Sanna ging nach drei Monaten Babypause wieder zurück zur Arbeit. Oschi blieb zu Hause bei Tom. Sein Betrieb hatte inzwischen geschlossen, und sie lebten von Sannas Lehrerinnengehalt. In der großen Pause ging Sanna auf die Lehrertoilette und pumpte ihre Milch ab. Das Fläschchen legte sie in die Kühltasche und brachte es nachmittags nach Hause. Am nächsten Morgen saß ihr Mann auf dem Wohnzimmersofa, hatte Tom auf seinem linken Arm und gab ihm das Fläschchen. Oschi konnte sich nicht sattsehen an den großen dankbaren Augen seines Kindes. Er hatte Tom nie verwöhnt, aber all die Jahre mit Aufmerksamkeit regelrecht überhäuft. Mehr als Lara, die bereits im Jahr darauf geboren wurde. Vielleicht lag es auch daran, dass Oschi danach wieder eine Stelle bekam und zu arbeiten begann. Dafür blieb Sanna nun zu Hause, nach Laras Geburt nahm sie ein ganzes Jahr Babyurlaub. Tom blieb das Papakind. Oschi brachte ihm alles bei, Rad fahren, segeln, Gitarre spielen, und später half er ihm bei den Hausaufgaben. Tom war seine große Liebe, die Liebe seines Lebens. Und der kleine Junge strengte sich an, er wollte seinem Papa gefallen, in allem der Beste sein. Was ihm auch gelang.

Als Sanna ein paar Jahre darauf mit Nelson schwanger war, kündigte sie ihre Lehrerstelle in Rathenow. Sie zogen nach Neumühl, in das Haus von Sannas Großeltern. Oschi schloss mit der Gemeinde einen Pachtvertrag über die baufällige Hafenanlage ab. Tom wurde mit sechs Jahren in Neumühl eingeschult. Er bekam klassischen Gitarrenunterricht, machte erstaunlich schnell Fortschritte und spielte bald besser als der Papa.

Als er vor zwei Jahren ins Gymnasium nach Potsdam wechselte, gründete Tom mit ein paar Jungs und einem

Mädchen aus seiner Klasse eine Schülerband. Oschi war begeistert, räumte für die Kinder den Keller leer und machte daraus einen Proberaum. Dann kaufte er Tom eine neue Gitarre. Nicht irgendeine Gitarre, sondern eine Ovation Legend. Die Gitarre, von der Oschi immer geschwärmt hatte. Die er sich selbst in Amerika holen wollte, in Hartford, Connecticut. Eine Gitarre fürs Leben.

41 «Ist Nelson bei dir?», fragte Sanna ihren Mann.

Sie kam durch das Tor auf das Gelände der Marina.

«Wieso?», fragte Oschi. «Sollte er denn bei mir sein?» Er konnte sich nicht erinnern, dass sie etwas verabredet hatten.

«Nein», sagte Sanna, «aber er ist nicht nach Hause gekommen.» Sie wirkte angespannt und wich seinen fragenden Blicken aus.

«Wann?», wollte er wissen.

«Na, jetzt, nach der Klavierstunde.»

«Mit dem Bus?», fragte Oschi, sie sagte: «Na wie denn sonst.»

Hatte er sich etwas zuschulden kommen lassen? Es fiel ihm nichts ein, und er ließ seinen Blick über die Steganlage schweifen, als könnte sich Nelson hier irgendwo versteckt haben.

«Vielleicht hat er den Bus verpasst?», sagte Oschi. «Bei mir ist er jedenfalls nicht aufgetaucht. Wo ist denn Lieschen?»

«Bei Lara. Ich gehe wieder zurück», sagte Sanna.

«Heute ist doch das Vorspiel um halb sieben», sagte Oschi und schaute Sanna hinterher, die wieder zu ihrem Fahrrad ging und nichts darauf erwiderte.

«Wenn Nelson hier auftaucht, ruf ich dich an», rief er ihr nach.

42 Oschi stand vor Inges Imbissbude, die neben dem Steg am Ufer stand. Er sah die Flaschen, die auf dem Fensterbrett ihres Ausschanks aufgereiht waren. Kleiner Feigling, Kümmerling, Bier. Er stand da und starrte auf die Flaschen.

Normalerweise wäre er um diese Tageszeit etwa beim vierten, fünften Bier und dritten Kümmerling angelangt. Aber heute nicht. Heute wollte er es wissen. Bis jetzt hatte er sich im Griff. Er trat zur Bude und ließ sich von Inge ein Mineralwasser reichen.

Sie hatten sich gestern wieder gestritten, Sanna und er. Es ging immer um dasselbe.

Sanna: «Du hast ein Alkoholproblem.»

Oschi: «Übertreib doch nicht immer.»

Sanna: «Entweder gehst du es an –»

Oschi: «Oder was?»

Sanna blieb ihm die Antwort schuldig.

Oschi trank zu viel. Das wusste jeder. Ich sage das nicht gern, denn Oschi war ein sympathischer Kerl. Aber es zu übergehen, wäre falsch. Also sage ich es nochmals: Oschi trank.

Klar, wir alle trinken. Sogar regelmäßig. Aber manchmal trinkt einer so viel, dass es den anderen auffällt. Dann stellen sie sich sofort alles Mögliche darunter vor. Jeden Tag stockbesoffen, Frau und Kinder verprügeln und so weiter. Nein, Oschi war kein schlimmer Trinker. Er kannte seine Grenzen.

Aber mit dem Trinken ist es so eine Sache.

Wann trinkt man noch – und ab wann ist man ein Trinker?

Es geschieht schleichend. Die Grenze ist breit und fließend, wie jene zwischen dem trockenen Waldboden und dem Julensee. Dazwischen gibt es den Sumpf mit seinen Abstufungen von Feuchtigkeit. Je nach Wetter verschiebt sich diese Grenze. Mal versinkt der Schuh im Morast, wo das letzte Mal noch trockener Grasboden war. Nur weil es ein paar Tage geregnet hat. Den ganzen Tag bei Sonnenschein in der Marina, da wächst eben der Durst. Und Bier schmeckt besser als Wasser und ist, abgesehen vom Alkohol, auch gesünder.

Oschi war ein Gute-Laune-Trinker. Er trank sein Bier und war guter Laune. Manchmal wurden seine Augen dabei glasig, und wenn man etwas zu ihm sagte, glotzte er einen an, als hätte man ihn auf Chinesisch angesprochen. Das kam aber sehr selten vor. Meistens trank er unauffällig. Es war gar nicht zu entscheiden, ob sein Gesicht von der frischen Luft und von der Sonne gerötet war oder vom Bier. Sanna fiel es natürlich als Erster irgendwann auf, dass Oschi mehr trank als früher. Aber noch nicht so viel mehr. Abends trinken alle Bier und Wein. Zum Essen. Manche trinken anstatt zu essen. Also hatte Sanna ihm mal gesagt: «Du solltest nicht zu viel trinken.» Und er hatte ihr sogar recht gegeben und gesagt: «Stimmt.» Und am nächsten Tag ein Bier weniger getrunken. Am übernächsten Tag aber wieder eins mehr. Das Problem dabei war, dass Oschi vom Gute-Laune-Trinker zum Sorgen-Trinker wurde.

Wer ihn am genauesten dabei beobachtete, ohne dass er es bemerkt hätte, war Nelson.

43 Nelson mag in Deutschland ein etwas ungewöhnlicher Name für einen Jungen sein. Das fand jedenfalls Fritz Reiser, der das Forsthaus in Moritzer Heide zu einem schicken kleinen Gasthaus umgebaut hatte.

«Aber ihr habt ja ne Tradition mit schrägen Namen in der Familie, was?», sagte Fritz Reiser auf einer Grillparty, die in ihrem Garten stattfand. «Oschi is ja auch nicht gerade der gebräuchlichste Männername.»

«In meinem Personalausweis steht Oswald», sagte Oschi und las das Etikett auf seiner Flasche.

«Na gut, dann versteh ich das. Und nach wem habt ihr eigentlich euer Kind getauft?», fragte Fritz Reiser. «Nach dem Dingsda Admiral?» Er hatte eine schwarze Schürze umgebunden, in der einen Hand hielt er ein Bier, mit der anderen wendete er die Steaks und die Würste auf dem Rost.

«So wie ich Oschi kenne, war es der gute alte Willie Nelson», sagte Karl Frohmer, der mit dem Bier in der Hand neben ihm stand und beim Grillen zuschaute.

«Willst du mich veräppeln?», sagte Fritz Reiser.

«Kennst du etwa Willie Nelson nicht?», fragte Karl Frohmer wichtigtuerisch zurück.

«Wer soll dat denn sein?», fragte Fritz Reiser, während die Fleischlappen in die Glut tropften, dass es zischte.

«Du kennst Willie Nelson wirklich nicht?»

«Natürlich kenn ich Willie Nelson nicht. Ich kann doch nicht jeden kennen», rief Fritz Reiser lauthals, damit ihn auch jeder im Garten hörte.

«Nelson klingt jedenfalls besser als Heinrich oder Uwe», warf Thomas Quast ein. Quast arbeitete am Hans-Otto-Theater in Potsdam als Bühnentechniker, war wie immer mit einer schwarzen Levis 501 und einem schwarzen T-Shirt bekleidet und hielt, ebenfalls wie immer, ein Glas Weißwein in der Hand. Im Übrigen schien er Willie Nelson auch nicht zu kennen.

«Willie Nelson war ein Country-Sänger», gab Karl Frohmer nun etwas kleinlaut zum Besten.

«Ein Country-Sänger!», rief Fritz Reiser. «Da hab ich ja ne echte Bildungslücke! Ein Country-Sänger! He, Leute, Fleisch ist fertig! Kommt mal alle her!»

«Nein, nicht nach dem Country-Sänger. Nelson ist ein Vorname, nicht wahr?», sagte Oschi und zerstrubbelte Nelson die Haare.

«Nelson Mandela?», riet Reisers Frau, die zum Grill trat, und Oschi sagte: «Genau! Das war Mamas Idee.»

«Ein Kämpfer für Freiheit und Gleichberechtigung», sagte Karl Frohmer und blickte Nelson an. «Bist du das auch?»

«Ein stummer Country-Sänger», sagte Fritz Reiser, bevor Nelson antworten konnte, und fügte hinzu: «Willst du 'ne Wurst? Du solltest mal an die Sonne, mein Junge, bist ja 'n bisschen käsig um die Nase.»

«Na, nimm schon!», sagte Oschi und schob Nelson zum Grill.

Erwachsene sind manchmal komisch. Sie stellen Fragen, obwohl sie die Antworten gar nicht hören wollen. Sie versuchen einander im Gespräch zu übertönen, als wären sie bellende Hunde. Was sie sagen, scheint gar nicht wichtig zu sein. Wichtig scheint nur, wie laut sie es tun.

Und je mehr Bier sie trinken, desto lauter werden sie.

44 Es gab diese Geschichte von Jule.

Auf dem Trödelmarkt erstand ich ein abgegriffenes Taschenbuch. Printed in the German Democratic Republic. Ursprünglicher Kaufpreis: DDR 3,00 M. Erschienen 1971 in Potsdam. In dem Büchlein waren allerlei Geschichten versammelt, über Fischer, Obstbauern und Ziegelbrenner der Region, illustriert mit schwarzweißen Fotos. Darin abgebildet war auch die Bockwindmühle am Julensee. Unter dem Foto wurde in zwei Sätzen die alte Sage erwähnt, nach welcher Jule, die Frau des Müllers, in windigen Nächten noch heute als Gespenst umgehen soll. Müllers Jule wurde auch in der Broschüre des Tourismusvereins erwähnt.

In den Unterlagen des Mühlenvereins fand ich ein anderes Buch, in Leinen gebunden, stockfleckig und in Fraktur gesetzt. Es war von einem Chronisten namens Heribert Herbertz im Jahre 1870 herausgegeben worden. In recht umständlichem Stil wurde die Geschichte des Ortes Neumühl abgehandelt und von Heribert Herbertz mit zahlreichen Belegen untermauert: Steinzeitsiedlung im Neolithikum, 997 Schenkungsurkunde Ottos des III. an seine Tante Mathilde, die Äbtissin des Stiftes Quedlinburg war, 1375 Eintrag im Landbuch Karls des IV. von Luxemburg.

Ein Kapitel des Buches wird den beiden Bockwindmühlen gewidmet, die am Ort gebaut wurden. Darin wird auch die Legende von der Müllersfrau Jule erzählt. Leider gibt Heribert Herbertz dazu keine Quellen an. Ich fand die Geschichte recht spannend und habe sie als Grundlage für das Requiem benutzt, das ich zum zwanzigsten Bestehungsjahr des Mühlenvereins komponierte. Der Grundschullehrer Fritjof Hacke hatte sie in einer kleinen Jubiläumsbroschüre nacherzählt, mit einigen Ausschmückungen und Ergänzungen versehen, im Wesentlichen aber der Herbertz'schen Fassung folgend. Einige Eltern waren äußerst aufgebracht, als Hacke die grausame Geschichte in der dritten Klasse vorlas.

Die Entstehungszeit der Legende muss ungefähr in die Zeit fallen, in der die erste Bockwindmühle von einem Gewittersturm zerstört wurde. Das war Mitte des 17. Jahrhunderts. In jener Zeit muss es viele fahrende Händler gegeben haben, welche die Gegend mit ihren Hand- und Pferdewagen bereisten und die Fischer und Bauern, besonders ihre Frauen, mit Artikeln für den Haushalt versorgten. Einer dieser Händler fuhr mit seinem Einspänner aus dem nahegelegenen Potsdam mehrmals jährlich durch den kleinen Ort am Ende des Julensees. Ich stelle mir vor, er könnte so ähnlich ausgesehen haben wie Gabriel Ballina, ein bisschen südländisch, mit schwarzen Locken, feurigen dunklen Augen. Ein Mann, der immer ein offenes Ohr hatte für die Sorgen und Nöte der märkischen Landfrauen, der sich die Zeit nahm, mit ihnen zu plaudern und ihnen das eine und andere zu verkaufen. Den Müller von Neumühl muss man sich als derben Klotz vorstellen, dessen Augen schon um die Mittagszeit vom Branntwein glasig waren. Wenn er sprach, klang es wie das Bellen eines alten Hundes. Seine junge Frau hatte er von der Wanderschaft aus dem schlesischen Dorf Guhlau mitgebracht, ein großes, blondes Mädchen, die Jule eben.

Eines lauen Sommerabends, als sich der Müller auf dem Absackboden der Mühle mit einer Flasche Schnaps zwischen die Mehlsäcke legte, ging Jule noch ein wenig am See spazieren und kam davon erst lange nach dem Eindunkeln zurück. Auf das tatkräftige Drängen des Müllers, der inzwischen durstig aufgewacht war, gestand sie, vor dem Dorf den Händler getroffen zu haben und mit ihm ins Schwatzen gekommen zu sein. Auch gab sie zu, vom Händler ein rotes Seidentuch geschenkt bekommen zu haben.

Der Müller geriet darüber dermaßen in Rage, dass er Jule verprügelte. Und da diese sich wehrte und seine Wut sich dadurch steigerte, strangulierte er Jule mit dem Seidenschal. Er knotete das Tuch fest um den Hals der erstickenden jungen Frau und band das lose Ende an einem Flügel der Windmühle fest. Dann kletterte er die steilen Holzstiegen auf den Steinboden der Mühle hoch und lüftete den Bremsbalken. Der Wind setzte die Flügel in Bewegung, und Jule wurde am Hals emporgerissen, hoch hinauf in die Luft und in großem Bogen wieder herunter. Wenn sie vorher noch nicht gestorben war, so wich das letzte bisschen Leben nun rasch aus ihrem Körper.

Der anhaltend starke Westwind wirbelte Jule drei Nächte und drei Tage lang durch die Luft, bis ihr Hals ganz lang und dünn gezogen war. Mit Entsetzen berichteten es die Bauern ihrem Lehnherrn, der seinen Verwalter schickte, um nach dem Rechten zu sehen. Doch Jule war spurlos verschwunden. Vom Müller im See versenkt, beschwerten sich die Fischer. Vom Wind davongetragen, behaupteten die Bauern. Nur das zerrissene rote Seidentuch war noch am Flügelende festgebunden und flatterte aufgebracht im Wind.

Der Verwalter wollte den groben Müller dingfest machen und vor den Lehnherrn bringen, damit er für die schändliche Tat bestraft werden konnte. Aber das Schicksal kam ihm zuvor.

Jules Rache, sagten die Dorfbewohner.

45 Ballina stieß den schweren Türflügel der Fischerkirche auf. Hier drinnen war es windstill und ruhig. Er kam herein und ließ die Tür hinter sich zufallen. Die Fischerkirche war eine schlichte Backsteinkirche, wie es viele in der Gegend gab. Hohe Fenster an den beiden Längsseiten, Backsteinboden, Bänke und Kanzel aus unbehandeltem Holz.

Ballina ging den Mittelgang nach vorn.

Einige Kinder und Eltern waren bereits da. Antonia Fröhlich mit ihren Eltern. Luise Quast mit ihrer Mutter. Sofia und Zoe Reiser mit ihrer Mutter. Sie saßen in den Holzbänken und drehten sich nach ihm um. Er gab seinen Schülern und deren Eltern die Hand.

Vor den zwei Stufen, die zum Altar hinaufführten, stand das elektrische Piano. Frau Haas, die Klavierlehrerin aus Drehlitz, hatte es bereits aufgestellt. Die Steckdose war neckischerweise seitlich am Altar angebracht. Frau Haas war dabei, einem ihrer Schüler ein paar letzte Hinweise zu geben, während Herr Pey die Instrumente seiner Geigenschüler stimmte. Das Vorspiel zum Abschluss des Schuljahres organisierten die Instrumentallehrer der Region Neumühl jeweils gemeinsam.

«Weiß jemand, wo Lara Petri steckt?», fragte Herr Pey.

«Die Familie Petri ist heute wahrscheinlich etwas spät dran», sagte Ballina, begrüßte ihn und nahm einen Packen Programmzettel aus seiner Umhängetasche.

Frau Haas war eine kleine fröhliche Frau, deren Alter schwer zu erraten war. Wenn man ihr die Hand gab, staunte man jedes Mal, wie leicht und zerbrechlich sich ihre schmalen Hände anfühlten. Und hinterher staunte man wieder, was für ein Fortissimo diese zierlichen Hände spielen konnten.

«Hat sich etwas geändert?», fragte Ballina und reichte ihr einen Programmzettel. Frau Haas schaute darauf und ließ sich Zeit mit der Antwort.

«Nein», sagte sie dann, «was meine Schüler betrifft, bleibt alles so.»

Ballina reichte den anderen Lehrern ebenfalls einen Zettel zur Begrüßung, den Rest legte er auf die vorderste Kirchenbank. Um halb sieben sollte es losgehen. Das Programm würde etwa anderthalb Stunden dauern.

Ballina stand im Mittelgang und schien vergessen zu haben, was er jetzt tun wollte. Er wirkte etwas unkonzentriert, fast hilflos.

Es waren nun drei Monate her, dass seine Frau ausgezogen war.

Iris hatte alles mitgenommen, was ihr gehörte. Außer dem Esszimmertisch. Der war zu groß für ihre neue Zweizimmerwohnung in Charlottenburg. Sonst hatte sie alles nach Berlin bringen lassen, was sie und Ballina in den letzten zehn Jahren zusammen angeschafft hatten. Bilder, Teppiche, das Sofa, den Fernseher. Es war sein Wunsch, dass sie einen klaren Schlussstrich zogen. Und keinen Kompromiss schlossen, kein halbherziges Provisorium. Wenn Iris auf ihre Affäre nicht verzichten konnte oder wollte, dann musste sie eben die Konsequenzen ertragen und ausziehen, fand Ballina. Iris sollte wissen, dass sie nicht mehr bei ihm in Neumühl zu Hause war. Dazu hatte ihnen die Therapeutin geraten. Und Ballina hatte darauf geachtet, dass sie es genau so machten. Mit einer klaren Trennung und klaren Grenzen sei leichter umzugehen, hatte die Therapeutin gesagt. Das schien ihm einleuchtend. Iris nicht unbedingt. Am liebsten hätte sie sich die Wohnung in Charlottenburg genommen, um dort ungestört tun und lassen zu können, wozu sie Lust hatte. Zuhause in Neumühl hätte für sie alles so bleiben können, wie es war, und sie wäre gekommen und gegangen, wie ihr gerade zumute war.

Ballina nahm die Mineralwasserflasche aus der Tasche und trank einen Schluck.

«Ganz schön viel Wind heute», sagte er.

«Julenwind», entgegnete Frau Haas.

Immer mehr Leute kamen in die Fischerkirche. Jonas Maller und seine Eltern. Jennifer Basch und Alfred Maller waren Ballinas direkte Nachbarn. Seit seiner Trennung fragte sich Ballina bei jedem Paar, wie lange sie wohl noch zusammenblieben. Oder was sie machten, damit sie überhaupt noch zusammen waren.

«Hallo, Jonas», sagte er und schüttelte dem Jungen die Hand, dann auch den Eltern.

«Hallo, Jennifer. Hallo, Alfred», sagte er.

Die beiden waren durchaus nett. Ballina hatte es immer vermeiden wollen, ihnen als alleinerziehender Nachbar lästig zu werden. Aber er war oft sehr froh darüber, dass Jakob einen Freund hatte, den er besuchen oder bei dem er sogar mal übernachten konnte. Und er war auch froh, hin und wieder selbst von ihnen zum Abendessen eingeladen zu werden. Er bemühte sich sehr, ihren Einladungen jeweils Gegeneinladungen folgen zu lassen. Dank Alfred und Jennifer fühlte er sich nicht ganz so allein.

Frau Haas hatte alle ihre Schüler die Stücke kurz anspielen lassen. Alle waren nun durch. Pfarrer Mecklenburg, ein hünenhafter, bärtiger Mann, betrat die Kirche mit seinem siebzehnjährigen Sohn Christian, der ebenfalls bei Ballina Unterricht hatte. Er ging auf sie zu und begrüßte die beiden.

«So, dann wollen wir mal», sagte Ballina laut und klatschte in die Hände. «Luise? Willst du deine Stücke mal kurz anspielen?»

Luise kam mit dem Notenheft nach vorn. Ballina setzte sich neben sie. Das Mädchen sah lange auf das Blatt, das auf dem Notenständer lag.

«Fang einfach an, wenn du so weit bist», sagte er und wartete.

Dann begann sie, ein englisches Kinderlied zu spielen: «Little Sally Waters». Zweimal stockte sie ein bisschen, brachte das Lied aber zu Ende.

«Sehr schön», sagte Ballina.

Dann sah er die Kirchentür aufgehen. Sein Sohn Jakob kam herein, zusammen mit Iris, dich gefolgt von Sanna, die ihre Augen rieb, als wäre ihr etwas hineingeflogen.

Iris sah blendend aus. Sie sah aus wie eine Schauspielerin, die in einer TV-Serie eine erfolgreiche und extrem attraktive blonde Anwältin spielt. Mit dem Unterschied, dass sie eine erfolgreiche, extrem attraktive blonde Anwältin *war*.

Wie soll man seine Frau nach der Trennung begrüßen?

«Hallo, Iris», sagte er, und sie sagte: «Hallo, Gabriel.»

Es schien ihn nicht zu quälen, sie so zu sehen, strahlend, gut gelaunt, gut angezogen. Es schien ihn bloß zu verwirren. Die ganze Situation schien ihn zu verwirren. Es kam ihm vor, als wache er aus einem Traum auf und wisse nicht mehr genau, welche Rolle diese Frau in seinem Traum spielte. Er fühlte sich irgendwie schuldig, wusste aber nicht mehr, was er verbrochen hatte.

Orientierungslos stand er im Mittelgang, bis Sanna ihn aus seinen Gedanken riss.

«Ist Nelson hier?», fragte sie.

Gabriel schaute sich um und sagte: «Bis jetzt ist er noch nicht aufgetaucht. Suchst du ihn?»

«Er ist nicht nach Hause gekommen», sagte Sanna. «Ich bin eben im Hort gewesen, aber dort haben sie ihn nicht gesehen. In der Schule ist niemand mehr. Nur der Hausmeister, der hat ihn aber nicht gesehen. Ich weiß nicht, wo er steckt.»

«Er wird schon rechtzeitig hier sein», sagte Ballina, «seine Noten hat er ja dabei. Ich würde mir da keine Sorgen machen.»

«Er geht nie irgendwo hin, ohne dass ich es weiß. Das macht er nie. Das hat er noch nie gemacht», sagte sie. Dann merkte sie, dass ihr Problem nicht an diesem Ort und nicht mit Ballina erörtert werden sollte. Es war kurz nach sechs. Bis zum Beginn des Vorspiels war noch fast eine halbe Stunde Zeit. Sie sollte sich wirklich nicht so viele Sorgen machen. Bestimmt tauchte er noch rechtzeitig auf. Vielleicht war er ausnahmsweise mal zu einem Mitschüler gegangen. Vielleicht hatte er ein paar Kinder getroffen, als er in Neumühl aus dem Bus gestiegen war.

«Ich muss jetzt wieder zurück, Lieschen ist bei Lara», sagte Sanna. Sie ging rückwärts, als ob sie darauf wartete, dass Ballina ihr noch etwas mitteilen würde.

«Ich werde dich anrufen, wenn Nelson auftaucht», sagte er und vermied es, zu seiner Frau hinüberzuschauen.

Sanna sagte: «Ja, danke», dann drehte sie sich um und verließ die Kirche.

Iris hatte die beiden aufmerksam beobachtet. Es war ihr anzusehen, was sie in diesem Augenblick dachte. Dass Sanna den Kontakt mit ihrem Mann suchte. Dass sie ihre Kinder nicht im Griff hatte. Dass ihr eigener Mann zu viel trank. Dass Sanna nicht in ihrer Liga spielte. Sanna mit ihrer Hochsteckfrisur, die nicht richtig hielt, mit ihrem weiten Männerhemd und den Sandalen. Iris dachte, dass Ballina sein Niveau bezüglich Frauen bereits herunterschraubte. Solche Dinge gingen Iris durch den Kopf. Ihr verächtlicher Blick, der Amüsiertheit vortäuschte, zeigte es deutlich: Im Bioladen musst du dich jetzt also trösten lassen, du Armer.

46 Lara ließ die TV-Zeitschrift fallen und sprang ungeduldig vom Sofa auf, als Sanna hereinkam.

«Mann, endlich!», sagte Lara und zeigte ihren Unmut überdeutlich.

Lieschen lag auf dem Teppich und hatte eine lange Kolonne aus Überraschungsei-Figuren gebildet. Die Kolonne führte am Rand des Teppichs entlang. Der Teppichrand mit seinen Fransen war das Ufer, die geölten Holzdielen waren der See. Eine Figur war umgekippt und in den See gefallen, als Lara vom Sofa aufgesprungen war.

«Ist Nelson da?», fragte Sanna.

«Wo bleibst du denn solange», fragte Lara missmutig, «ich muss doch zum Vorspiel. Wo sind meine Noten?»

«Ich habe dich etwas gefragt, Lara!»

«Was denn? Ja, Nelson, nein, er ist nicht da», sagte Lara, während sie in die Schuhe schlüpfte, «er wird schon kommen. Wo sind jetzt meine Noten?»

«Du hast ja wohl Zeit genug gehabt, deine Sachen zu packen.»

«Ich habe aber den Rieding nicht finden können», jammerte Lara.

«Dann schau mal im Wohnzimmer auf dem Klavier nach», antwortete Sanna.

«Hab ihn», rief Lara, dann war sie weg.

Sanna ging zum Fenster und blickte hinaus auf den Weg, den ihre Tochter entlangrannte. Sie hatte es sehr eilig. Lara war offensichtlich verliebt. Ihr Korrepetitor, der sie beim Vorspiel auf dem Klavier begleiten würde, sah gut aus mit seinen blonden Haaren und dem Dreitagebart. Vom Alter her könnte er jedoch locker ihr Vater sein. Sanna machte sich Sorgen um ihre Tochter.

Die Äste wiegten sich im Wind. Julenwind immer noch. Der brachte irgendwann Regen.

Sanna überlegte, was sie zu Nelson sagen würde, falls er das Vorspiel einfach vergessen hatte. Wenn er zu spät kam, irgendwo bei einem Mitschüler war. Fernsehen geguckt hatte. Was sowieso die meisten machen. Sie gehen nach Hause und gucken den Rest des Nachmittags fern. Oder spielen Nintendo oder am Computer. Was ihre Kinder unter der Woche nie dürfen. In so einem Fall war es durchaus möglich, dass Nelson alles andere einfach vergaß.

Sanna ging zum Telefon, das auf der Kommode im Esszimmer stand und nahm die Namensliste der dritten Klasse in die Hand. Achtundzwanzig Namen mit Adressen, Festnetz- und Handynummern. Sie las die Namen und überlegte, bei wem Nelson wohl sein konnte. Sie blickte auf die Wanduhr. In einer Viertelstunde würde das Vorspiel beginnen.

Das schlechte Gewissen nagte an ihr. Aber sie sagte sich, dass es nichts geändert hätte, wenn sie früher zu Hause gewesen wäre.

Sie legte die Liste neben das Telefon und griff zum Hörer. Sie wollte einfach oben anfangen und die Liste der Reihe nach runtertelefonieren. Irgendwo musste er ja sein.

47 Oschi stand auf dem Steg und sah über den Julensee. Heute war seine Oberfläche stahlgrau, vom Westwind aufgerauht.

Nelson war nicht in der Marina aufgetaucht. Aber Oschi dachte gar nicht an ihn. Er ging davon aus, dass er inzwischen zu Hause war oder bereits in der Kirche beim Vorspiel. Oschi dachte an seinen anderen Sohn. Der andauernd verschwunden war. Tom trieb sich nur noch herum, ging ihm aus dem Weg, und er, Oschi, verstand nicht, wie das gekommen war. Tom, sein Ältester. Er wurde bald sechzehn. In einem Monat und zwei Tagen. Oschi glaubte nicht, dass er ihm etwas schenken konnte. Zur Zeit wäre das eine nutzlose Geste.

Früher war alles anders. Ganz anders. Er wünschte, er könnte es nochmals erleben. Er würde ihn gern nochmals auf dem Arm herumtragen, ihm seinen kleinen Strickpulli anziehen oder abends beim Zubettgehen etwas vorsingen. Genau bei solchem Julenwetter hat Oschi ihn einmal auf den See mitgenommen.

Tommi war erst sechs Jahre alt. Sie saßen in einer alten Segeljolle aus Holz. Der Wind kam aus Südwest, mit leichtem Regen, und trieb sie rasch den Julensee hinunter. Tommi war vernünftig angezogen, trug seine orangene Schwimmweste und saß vorne neben dem Mast. Mit seinen pummeligen Kinderhänden hielt er sich am Baumniederholer fest. Seine Kapuze war hochgeschlagen und festgezurrt, so dass nur das pausbackige runde Gesicht dem Regen ausgesetzt war. In den Böen, wenn das Boot bis zum kritischen Punkt krängte und Oschi die

Großschot etwas nachlassen musste, lachte er Tommi zu, damit sich dieser nicht fürchtete. Und der kleine Knirps, der neben dem Mast saß und seinem Vater am Steuer zusah, lächelte zurück. Sein Vertrauen war unendlich groß.

Plötzlich wurde durch eine starke Bö der Großschotblock aus dem Rumpf gerissen. Die vier Schrauben konnten sich nicht mehr im Holz halten, das durch Alterung und Feuchtigkeit weich geworden war. Oschi wäre beinahe ins Wasser gefallen und gekentert. Das Großsegel knatterte laut im Wind, und Oschi rang sich ein Lächeln ab, obwohl die Situation nicht mehr lustig war. Er wollte den Kleinen beruhigen und ihm zeigen, dass Papa alles im Griff hat. Und was tat der Kleine? Er lachte zurück. Eingeschnürt in Jacke und Weste, das Gesicht nass vom Regen, lachte er.

Es versetzte Oschi einen Stich, als er Tommi da sitzen sah. Er hätte mit ihm zur Hölle fahren können, das Kind hätte immer noch gelächelt, wenn Oschi ihm gesagt hätte, das wäre schon in Ordnung so. Er vertraute ihm blind. Damals hatte nichts dieses Vertrauen erschüttern können.

Da er ohne das Großsegel nicht zurückkreuzen konnte, steuerte er die Jolle neben dem Dampfersteg von Krugen in das Schilf und rief Sanna an. Er bat sie, ihm jemanden mit einem Wagen nach Krugen zu schicken, der ihm seinen Akkubohrer mit Kreuzschlitz mitbringen und dafür Tommi nach Hause nehmen würde. Sie solle schon mal ein heißes Bad für den Kleinen einlaufen lassen. Alles ging gut damals. Tommi war froh, mit dem Nachbarn im Auto zurückfahren zu können. Oschi schraubte den Großschotblock neu fest und segelte dann allein zurück.

Und jetzt? Wieso war es nicht mehr so?

Wieso konnte es zwischen Vater und Sohn nicht so bleiben? Was hatte er denn getan, dass die Bewunderung und Liebe seines Kindes in Verachtung und Hass umschlug?

48 Sanna wartete wieder auf dem Parkplatz neben dem Mühlenhotel und schaute die Straße entlang, die nach Krugen führte. Schon wieder war ein Bus ohne Nelson angekommen. Sie hatte Lieschen auf dem Arm und sah nicht aus wie jemand von dieser Welt. Sie sah aus wie aus der Zeit gerissen, seit ewig und für immer wartend.

Sanna stellte sich vor, was hätte passiert sein können. Ein Unfall, ein Verbrechen oder einfach Nelsons Vergesslichkeit. Die Vorstellungen wechselten in Sekundenschnelle. Dann stellte sie sich vor, wie sie nachher mit Nelson in der Küche sitzen und ihn für seine Gedankenlosigkeit tadeln würde. Im nächsten Augenblick fürchtete sie sich wieder, dass Nelson auch morgen noch verschwunden sein könnte. Die Bilder schoben sich unaufhörlich voreinander.

Sanna stand da mit ihrer kleinen Tochter auf dem Arm. Lieschen merkte, dass etwas Unangenehmes im Gang war und zupfte Sanna an den Haaren.

«Bitte lass das», sagte Sanna und hielt das Händchen

ihrer Tochter fest. Sie wartete auf eine Eingebung, die ihr sagte, wo Nelson war. Sie ging nochmals zur Bushaltestelle und sah nach, ob sie eine Fahrplanänderung übersehen hatte. Aber der Fahrplan war derselbe wie immer. Danach war der Bus, in dem Nelson hätte sitzen sollen, um fünfzehn Uhr zwanzig angekommen. Die beiden folgenden Busse um sechzehn Uhr zwanzig und um siebzehn Uhr zwanzig waren nun auch schon zurückgefahren. Der Nächste kam um achtzehn Uhr zwanzig. Sie hoffte, dass Nelson in diesem Bus saß und irgendeine Erklärung hatte. Nein, sie war plötzlich davon überzeugt, dass Nelson um achtzehn Uhr zwanzig aus dem Bus steigen würde. Es konnte gar nicht anders sein.

Trotzdem ging sie mit Lieschen auf dem Arm bis zum Ortseingang. Der Wind fegte durch den Neumühler Hafen, ließ die Drahtseile an den Alumasten klappern, und die Wellen schlugen an die Bootsrümpfe. Oschi stand auf dem vordersten Steg und starrte aufs Wasser hinaus. Sanna wusste nicht, nach wem er Ausschau hielt.

Auf der gegenüberliegenden Straßenseite stand eine Metalltafel und erinnerte an die Namensgeberin des Julensees. Vor vierhundert Jahren drehten sich an dieser Stelle die Flügel einer Bockwindmühle. Heute standen auf dem verwilderten Grundstück die Ruinen der ehemaligen Nerzfarm, hässliche Mauergevierte ohne Dächer und rostende Eisengerippe von früheren Gewächshäusern.

Hinter der Nerzfarm und der LPG, etwas erhöht, wehte ein Reichsadler. Dort standen die Bungalows ihrer

Nachbarn, der Haudensippe. Drei Generationen Kleinkriminalität. Anbauten lehnten sich an Anbauten. Der Kern, um den die Wucherung von windschiefen Buden gewachsen war, bildete ein alter Bauwagen. Von ihm war heute nichts mehr zu sehen. Ein Dutzend Kaminrohre ragte schief aus den Wellblechdächern. Im Herbst und Winter zeugten dünne Rauchfahnen vom Leben, das es im Innern der Barackensiedlung geben musste. Davor wachte der an die Kette gelegte Rottweiler, den die Haudens Göring nannten.

Sanna verspürte den starken Drang, dort hochzumarschieren und überall hineinzuschauen, in jeden einzelnen der Wohnwagen, Bretterverschläge und Blechgaragen, die alle miteinander verschraubt waren.

49 Der alte Hauden war bekannt für seine unerschöpfliche kriminelle Energie. Schon zu DDR-Zeiten saß er im Gefängnis. Er hatte jahrelang aus dem Betrieb, in dem er arbeitete, Metallprofile, Maschinenbauteile und Werkzeug entwendet. Eigentum des Volkes. Das taten zwar viele, aber Haudens Aktivitäten flogen auf, als er sich mit der Frau des Betriebsleiters einließ. Hauden unternahm mit ihr einen heimlichen Ausflug auf seinem Motorboot, und sie gerieten am späten Abend in ein Gewitter. Das kleine Boot mit dem hohen Kajütenaufbau kenterte, schlug voll und sank. Hauden konnte sich schwimmend ans Ufer retten, seine heimliche Geliebte glaubte er ertrunken. Sie war nicht ertrunken, wurde aber auf der Straße zwischen Krugen und Neumühl, wo sie sich ans Ufer retten konnte, von der Volkspolizei aufgegriffen. Nackt. Am nächsten Tag schwammen Teile von Haudens Liebesnest auf dem Julensee: Weinflaschen, Plastikgeschirr, Matratzen, Kleidungsstücke. Sanna war damals noch ein Schulkind, aber diese Geschichte, die im Ort bald die Runde machte, begriff sie trotzdem. Die Leute lachten sich krumm und schief darüber. Nur der Betriebsleiter nicht. Der ließ Hauden auffliegen, und dieser ging für zwei Jahre ins Gefängnis.

In jener Zeit hatte Haudens Anarchie durchaus noch einen politischen Anstrich. Was er tat, schien gegen die Bevormundung durch den Staat gerichtet. Der Staat, das war die DDR, und Auflehnung gegen ihre Repräsentanten und Vollstrecker genoss heimlichen Respekt. Nach dem Ende der DDR zeigte sich jedoch immer deutlicher, dass es einfach eine allgemeine Leckt-mich-doch-am-Arsch-Haltung war. Im neuen System schien es Hauden anfänglich sogar leichter zu fallen. Das Grundstück, auf dem er sich mit seinem Sohn und dessen Freundin eingerichtet hatte, wurde nach der Wende einer Erbengemeinschaft rückübertragen. Diese konnte sich nicht einigen, was mit dem Grundstück geschehen sollte. Gerald Hauden verbarrikadierte sich immer mehr hinter Schutt und Schrott. Die Gemeinde Neumühl ließ ihn gewähren und hatte kein Interesse, den Schandfleck am Dorfeingang auf eigene Kosten beseitigen zu lassen. Eine Zwangsversteigerung lockte keinen einzigen Interessenten an.

«Wir hätten das Grundstück kaufen sollen», sagte Oschi damals, «und die Pestkolonie anzünden.» Aber Familie Petri konnte sich auch das Mindestgebot nicht leisten.

Hauden und sein Sohn Jan wurden nach der Wende mehrmals verurteilt. Wegen Alkohol am Steuer, Diebstahl, Hehlerei und Unzucht mit Minderjährigen. Inzwischen war auch der achtzehnjährige Enkel schon vorbestraft. Als Kind hatte Winnie Hauden im Dorf Fahrräder geklaut und sie neben dem Dampfersteg im See versenkt. Im letzten Jahr hatte er in Finsterwalde ein paar dilettantische Einbrüche in Bungalows getätigt. Beim dritten Mal wurde er in flagranti erwischt.

Das alles ging Sanna in wenigen Sekunden durch den Kopf. Ihr Blick wanderte von Haudens wehendem Reichsadler zum Dachgiebel ihres eigenen Hauses hinüber. Sie waren unmittelbare Nachbarn. Das hatte Sanna bis heute kaum mehr gestört, weil inzwischen eine immergrüne dichte Mauer zwischen ihren Grundstücken wuchs, durch die kein Blick mehr drang.

50 Auf dem Land stinkts nach Jauche.

Wem das nicht passt, soll in der Stadt bleiben.

Viele Häuser in Neumühl waren noch nicht an die Kanalisation angeschlossen. In vielen Gärten standen Jauchegruben. Manche waren riesige Betonschächte von dreißig Kubikmeter Inhalt. Andere waren klein und mussten häufiger geleert werden. Die Grubenleerung war teuer. Ein Hausbesitzer zahlte doppelt: zum einen die

Abwassergebühren an die Wasserwerke, dann noch einmal für die Leerung der Grube und den Abtransport des Schmutzwassers.

Wo Geld im Spiel ist, gibt es Geschäftemacher. Manche bewegen sich im legalen Bereich, andere nicht. Der alte Hauden zum Beispiel. Gerald Hauden hatte früher in Neumühl eine Lizenz zur Grubenleerung. Einen großen Teil der Jauche fuhr er nicht ins zehn Kilometer entfernte Klärwerk nach Phöben, sondern entsorgte sie einen Kilometer östlich vom Dorf im Wald. So hatte er doppelt gespart: Die Fahrkosten und die Abnahmegebühren im Klärwerk. Als das Ordnungsamt davon Wind bekam, im wahrsten Sinn des Wortes, nämlich Ostwind, wurde ihm die Lizenz entzogen und eine Geldbuße aufgebrummt. Die er natürlich nie bezahlte.

Andere mussten in Notlagen ebenfalls zu illegalen Mitteln greifen. Die Familie Quast hatte ihre Abwassergrube im hinteren Teil des Gartens. Ein fünfzig Meter langes Rohrleitungssystem führte durch den Garten nach vorn an die Straße, wo die Entsorgungsfirma den Absaugschlauch anschließen konnte. Über die Jahre hatte sich die Leitung in der Mitte etwas gesenkt. Dadurch blieb dort nach dem Abpumpen etwas Jauche in der Leitung liegen. Gegen die Geruchsbelästigung stopfte Thomas Quast, Bühnentechniker im Potsdamer Hans-Otto-Theater, einfach eine Plastiktüte ins Rohrende. Im vorletzten Winter sanken die Temperaturen wochenlang unter den Gefrierpunkt, und das stehende Abwasser fror in der Absaugleitung ein. Als die Grube dann voll war, konnte sie wegen der eingefrorenen Absaugleitung nicht mehr geleert werden. Das Abwasser staute sich bis ins Haus zurück und lief dort über den Rand der Kloschüssel.

Thomas Quast war es von Berufs wegen gewohnt, technisch zu improvisieren, und wusste sich zu helfen. Er entschloss sich, die Grube selber zu leeren, und besorgte sich im Baumarkt Krugen eine Gartenpumpe. Da dies nicht korrekt war, wartete er mit dem Abpumpen bis zum Einbruch der Dunkelheit. Er hängte die Tauchpumpe in die Grube und legte den Schlauch unter die Buchenhecke. So wird sie gleich etwas gedüngt, dachte er. Nach ein paar Stunden schien das Problem gelöst zu sein.

Die Überraschung zeigte sich erst am nächsten Morgen. Die Jauche hatte im gefrorenen Boden nicht versickern können und sich im ganzen Garten verteilt. Der Rasen war von einer Schicht bräunlichen Eises bedeckt. Die Kinder freuten sich und holten nach Schulschluss die Schlittschuhe raus. Es dauerte drei Wochen, bis endlich Tauwetter einsetzte und der Gestank den ganzen Ortsteil durchzog.

Unappetitliche Geschichten.

Eine davon ist aber noch nötig, weil Oswald Petri in sie verwickelt war.

Der alte Hauden hatte für sein eigenes Abwasser eine einfache und unauffällige Lösung gefunden. Seine Barackensiedlung lag oberhalb der Nerzfarm und der ehemaligen LPG Julensee, die beide gleichzeitig mit der DDR stillgelegt wurden. Die Betriebe wurden aufgelöst, alles blieb unbeaufsichtigt liegen. Hauden holte sich bei

Nacht und Nebel die langen Rohre von der Weide und baute sich heimlich eine Abwasserleitung von seinem Bungalow in die riesige Grube der LPG.

Oschi entdeckte die illegale Leitung, als er mit Sanna in das Haus ihrer Großeltern einzog und an der Grenze zum Nachbargrundstück neue Zaunpfähle setzen wollte. Er erinnerte sich daran, dass Gerald Hauden einmal sogar damit geprahlt hatte, dass sein Abwasser in die alte Grube der LPG lief. Wahrscheinlich war die Grube nicht mehr dicht, denn sie wurde in all den Jahren nie voll.

Als Oschi auf die illegale Rohrleitung stieß, die an der Grundstücksgrenze entlang nach unten führte, unterbrach er die Arbeit am Zaun, besorgte sich im Baumarkt kurz entschlossen ein paar Abwasserrohre und ein Abzweigungsstück und leitete den Überlauf ihrer eigenen Sammelgrube in Haudens Rohr ein.

Sanna wusste nichts davon. Sie wäre empört gewesen. Erstens gelangte das Abwasser aus der undichten Jauchegrube ins Grundwasser. Außerdem hätte sie aus den krummen Dingern der Nachbarn niemals einen Nutzen ziehen wollen.

Oschi kannte Sanna gut. Deshalb erzählte er ihr auch nie von diesem genialen kleinen Überlauf.

51 Das Graffiti war rot und glänzend, wie mit frischem Blut geschrieben. Oschi kam auf dem Steinplattenweg um das Haus herum in den Garten und sah es sofort:

ARSCHLOCH

Er wusste, wer damit gemeint war. Und er wusste auch, wer das quer über die Wand und den frischgemauerten Kamin gesprayt hatte.

Darauf war Oschi nicht vorbereitet.

Er ging ins Zimmer seines Sohnes, betrachtete die blaue Wand, die er für Tom gestrichen hatte, die selbstgezimmerten Möbel, die Bilder, Bücher, Gegenstände und versuchte zu begreifen, was da eigentlich vor sich ging. Er wusste nicht, was er tun sollte.

Oschi verstand nicht, weshalb er so viel Hass auf sich zog.

52 Ich kam etwas verspätet in die Fischerkirche. Da ich nur wenige Schüler zu betreuen hatte, war das nicht so schlimm. Ich wollte sehen, wer alles da war, und blieb einen Augenblick neben der Eingangstür stehen.

Eine knarrende Holztreppe führte seitlich auf die Empore hinauf. Anstelle einer Orgel steht dort oben ein Harmonium der Firma Wilhelm Spähte aus Gera. Ich mag den morbiden Charme dieses Instruments, das leise Keuchen der Saugbälge und das Quietschen der Federn, wenn ich auf ihm spiele. Das Harmonium war auch eine wichtige Begleitstimme in meinem *Requiem für Jule,* das wir am Mühlenfest aufgeführt haben. Mit einem kleinen Orchester, Isabell Sterneck als Sängerin und einer Violinistin der Potsdamer Kammerakademie.

Lara Petri saß in der vordersten Bank, hatte ihre Violine

gestimmt und die Noten bereitgelegt. Nur Nelson war noch nicht aufgetaucht.

«Ist er denn zu Hause?», fragte Ballina.

Lara verneinte.

Ich war Laras Korrepetitor, der sie bei ihrem Stück von Oskar Rieding auf dem Klavier begleitete. Wir spielten zusammen ein paar Takte, um uns mit der Akustik vertraut zu machen, dann brach ich ab und nickte ihr zu: «Wir wollen nicht zu viel verraten.»

Sie setzte sich neben mich in die Kirchenbank und legte die Violine auf den Schoß.

Kurz nach halb sieben schaute Ballina ungeduldig auf die Uhr an seinem Handgelenk. Er wollte offensichtlich beginnen. Die Kinder und Eltern blickten erwartungsvoll die Lehrer an.

Ich ging den Programmzettel nochmals durch. Zwanzig Beiträge waren geplant. Nelson wäre an sechster Stelle vorgesehen. Wenn er zu spät kam, konnte er auch am Ende noch vorspielen. Die Reihenfolge war nicht so wichtig.

Ballina nickte uns anderen Lehrern zu, dann ging er nach vorn und wandte sich ans Publikum.

«Ja, liebe Schülerinnen und Schüler», begann er, «liebe Eltern und Großeltern. Im Namen meiner Lehrerkolleginnen und -kollegen darf ich euch herzlich zu unserem letzten Vorspiel vor den Sommerferien begrüßen. Wieder geht ein Schuljahr zu Ende, und wir wollen hören, was für Fortschritte jeder Einzelne von euch gemacht hat. Ich freue mich besonders, dass wir nicht nur Solisten hören werden, sondern verschiedene Ensembles, vom Duo über das Klaviertrio bis zur Streichergruppe.»

Die Familie Petri war eigentlich immer zuverlässig. Immer pünktlich, immer die Noten dabei. Es war sehr untypisch, dass Nelson noch nicht da war.

Ballina hielt die Programmzettel in die Höhe. Er hatte sie auf hellgraues Recyclingpapier kopiert, immer zwei Programme auf eine A4-Seite, um diese dann zu halbieren und so Papier zu sparen.

«Auf dem Programmzettel, den ihr bekommen habt, so hoffe ich wenigstens, ansonsten liegen hier vorne noch welche, da könnt ihr lesen, wer dran ist und was er spielt», sagte er.

Ein paar Kinder rannten gleich nach vorn und ergatterten sich einen der grauen Zettel.

«Wir werden das Programm ohne Pause durchführen», sagte Ballina. «Es wird etwa anderthalb Stunden dauern. Ja, nun wollen wir beginnen, und den Anfang macht Antonia Fröhlicher –»

Das Mädchen rannte mit ihrem Notenblatt nach vorn und warf ihm einen erwartungsvollen Blick zu.

«Sie hat erst seit einem halben Jahr Unterricht und wird uns schon einen kleinen Walzer vorspielen, bei dem ich sie begleite.»

Ballina ging zu ihr ans Klavier, setzte sich neben sie und nickte ihr aufmunternd zu. Antonia schlug dreimal denselben Ton an, eins, zwei, drei, dann setzte er mit der Akkordbegleitung ein. Während sie ihren einfachen Walzer spielten, ging die Kirchentür auf, und Sanna kam herein. Mit Lieschen auf dem Arm kam sie den Mittelgang nach vorn und suchte unruhig die Reihen ab. Bei der vordersten Bank blieb sie stehen.

Der kurze Walzer zu vier Händen war bald fertig. Bevor der letzte Ton im Raum verklungen war, sprang das Mädchen auf und eilte unter Applaus an seinen Platz. Dann merkte es, dass es etwas vergessen hatte, kam nochmals nach vorn, stellte sich neben ihren Lehrer, verbeugte sich artig und kehrte wieder an den Platz zurück.

Sanna blieb vor Ballina stehen und sagte: «Ich weiß nicht, wo Nelson ist.» Sie sagte es mit leiser Stimme, die nur für ihn bestimmt war. Als hätte sie in diesem Augenblick ein kurzes Privatgespräch mit ihm führen können. Wir alle hatten es aber deutlich gehört und warteten, was nun geschehen würde.

Ballina wandte sich an das Publikum. Einen Augenblick sah es so aus, als ob er sie einfach ignorieren und mit seiner Moderation fortfahren würde. Aber dann sagte er, als wäre die Unterbrechung eine heitere Abwechslung: «Hat jemand von euch vielleicht Nelson Petri gesehen? Er wird nämlich vermisst.» Das letzte Wort unterstrich er mit einer leichten Ironie in der Stimme. Als wäre das Wort übertrieben und die Angelegenheit in Wirklichkeit harmlos. Wir kennen ja die neunjährigen Jungs, wollte er damit wohl sagen. Die haben alles Mögliche im Kopf. Nur nicht das, was gerade von ihnen erwartet wird.

Iris warf Ballina einen erstaunten Blick zu und hob

dabei die Augenbrauen. Er schien zu wissen, was seine Frau damit meinte. Dass Sanna konfus war, chaotisch und peinlich.

Keiner der Anwesenden konnte die Situation verstehen. Frau Haas und Herr Pey blickten sich fragend an, dann richteten sie ihren Blick wieder auf Sanna, die mit dem Kind auf dem Arm im Mittelgang stand. Alle sahen, dass Sanna verwirrt war und offensichtlich nicht wusste, was sie tun sollte. Sie hörten Ballinas ironische Frage, aber da niemand den Jungen gesehen hatte, schwiegen sie.

«Tut mir leid», sagte Sanna plötzlich. Sie kämpfte sichtlich mit den Tränen. «Ich weiß einfach nicht, wo Nelson ist», sagte sie. Dann drehte sie sich um und ging eilig wieder zum Ausgang.

Lara schaute ihrer Mutter nach und verzog keine Miene. Annette Warnewski stand auf und eilte ihr hinterher.

Ballina starrte auf den Programmzettel, den er in der Hand hielt, dann blickte er wieder ins Publikum und sagte: «Gehen wir davon aus, dass Nelson noch rechtzeitig auftaucht.»

53 Draußen vor der Kirche war Sanna stehen geblieben. Sie weinte. Lieschen weinte auch. Sie weinte, weil die Mutter weinte und sie auf den Boden gestellt hatte.

Ein Sturmtief brauste über Europa hinweg. Seit gestern Abend ging ein heftiger Wind, rüttelte an den Bäumen, die zum See hinunter standen. Warum ausgerechnet jetzt?, dachte Sanna. Ihr Leben geriet aus den Fugen, und alles ringsum drohte einzustürzen. Wozu dann auch noch der lächerliche Kommentar der Natur?

«Er wird schon wieder auftauchen», sagte Annette.

«Ich kann es nicht mehr hören!», rief Sanna. «Auftauchen! Als wäre er ertrunken!» Dann schluchzte sie und entschuldigte sich dafür: «Es tut mir leid.»

«Es braucht dir nicht leid zu tun», sagte Annette, die geduldig neben ihr stand. Durch die Kirchentür hindurch war leise Klaviermusik zu hören.

«Ich habe herumtelefoniert», sagte Sanna. «Ich weiß nicht, wo er sein könnte. Niemand hat ihn gesehen. Niemand hat etwas von ihm gehört. Das macht er sonst nie. Ich habe einfach kein gutes Gefühl dabei. Nelson ist noch nie irgendwo hingegangen, ohne vorher zu fragen.»

«Irgendwann», sagte Annette, «ist es immer das erste Mal, wenn ein Junge seine eigenen Wege geht. Seit wann ist er denn überhaupt weg?»

«Er war in der Klavierstunde in Krugen und hätte nach fünfzehn Uhr den Bus nehmen sollen. Das war vor drei Stunden. Er ist nicht nach Hause gekommen. Er weiß doch, dass heute das Vorspiel ist –»

«Wenn du willst», schlug Annette vor, «kann ich Lieschen nehmen, dann kannst du dich darum kümmern, wo er geblieben ist.»

«Willst du bei Annette bleiben?», fragte Sanna ihre kleine Tochter. Diese schüttelte den Kopf und begann gleich wieder zu weinen. «Du musst ja nicht», beschwichtigte Sanna sie. «Wir gehen nach Hause und warten dort auf Nelson, ja?» Dann wandte sie sich wieder an Annette. «Ich weiß nicht, ob ich mich unnötig aufrege. Vielleicht ist es gar nicht angebracht. Ich führe mich auf wie ein hysterisches Huhn.»

«Ach was, jetzt hör auf damit. Ich komme mit dir nach Hause, dann rufen wir noch mal systematisch alle Klassenkameraden an.»

54 Irgendwo im Innern von Haudens Budenlabyrinth. Erwin war unterwegs mit seiner Simson, um in Krugen bei Aldi Bier zu holen. Vor dem Bungalow war das Rasseln der Kette zu hören, wenn der Rottweiler über den Hof lief. Der Wind machte Göring nervös. Alles war in Bewegung, überall vermutete er fliehendes Wild, Vögel, Wildschweine.

Kutte saß auf einem Stuhl und drückte ein nasses Handtuch auf seine Stirn. Das Handtuch sah aus wie vollgeblutet. Das war aber nur die rote Farbe der Paintballkugel. Kuttes Stirn war gewölbt und blau angelaufen, seine Miene missmutig. Die Wucht des Plastikgeschosses hatte ihn auf den Rücken geworfen. Er war eine halbe Minute liegen geblieben und hatte sich dann fluchend wieder hochgerappelt.

Wenn Tom zum Tisch hinüberblickte, sah er, dass Kutte ihn finster anstarrte.

Winnie Hauden sprach davon, wie sie am besten ins Internet kamen. Bei ihnen gab es keinen Anschluss. Sein

Vater hatte vor Jahren mal einen Telefonanschluss gehabt, der war aber nach einigen unbezahlten Rechnungen stillgelegt worden. Die nächstliegende Möglichkeit war bei Tom zu Hause.

Tom verspürte in diesem Augenblick wenig Lust, dort aufzutauchen. Er dachte an das Graffiti, das er heute Nachmittag über den Grillkamin gesprayt hatte. Außerdem spürte er ein flaues Unwohlsein, wenn er daran dachte, weshalb Winnie ins Internet wollte. Die Gründe dafür standen neben der Tür in der Ecke: Es waren zwei Computer, zwei Flachbildschirme, zwei Drucker, eine Kompakt-Stereoanlage, ein Beamer und ein E-Piano.

Tom war bei der Beschaffung nicht dabei gewesen, aber er wusste, woher das Zeug stammte. Winnie hatte es ihm mit einigem Stolz in allen Details geschildert. Es war nicht besonders schwierig, nachts um drei in die Grundschule einzusteigen. Auf der Rückseite der Schule war der Wald. Niemand hörte etwas, als Winnie und Kutte eine Scheibe einschlugen und hineinkletterten. Kutte hatte sich dabei den Handballen aufgeschnitten.

«Kutte zieht Verletzungen an wie Scheiße die Fliegen», sagte Winnie.

Das hatte Kutte nicht daran gehindert, den Seifenspender auf der Lehrertoilette mit seinen Exkrementen zu füllen. Das war seine persönliche Abrechnung mit der Schule.

Mit einem Brecheisen knackten sie die Türen zum Sekretariat und zum Lehrerzimmer, griffen zielstrebig nach den technischen Geräten, die sie fanden, und trugen sie aus dem Haus und hundert Meter durch den Wald, wo der Kombi von Winnies Vater abgestellt war. Dann gingen sie nochmals zurück und holten den Rest.

Winnie hatte Tom die ganze Geschichte erzählt, um Eindruck zu machen. Und weil er sich halb kaputtlachte bei der Schilderung von Kuttes Rache. Winnie hatte die Geschichte auch erzählt, weil Tom nun zu ihnen gehörte und die Sachen bei eBay anbieten sollte. Alles für einen Euro. Damit würde Tom mit ihnen im gleichen Boot sitzen.

Genau das bereitete Tom inzwischen einige Sorgen. Er war nicht blöd und wusste, was dieser Schritt bedeuten würde. Falls das Ganze aufflog, würde Tom mit drinhängen, eine Jugendstrafe bekommen, vielleicht von der Schule fliegen. Aber er wusste auch, dass er seinen Vater damit endgültig vor den Kopf stoßen würde.

55 Zum Glück ist es Sommer, dachte Oschi, als er den See entlang nach Krugen fuhr. Fast der längste Tag des Jahres. Da blieb es hell bis zehn.

Er fuhr langsamer als gewöhnlich und blickte aufmerksam nach beiden Seiten. Links war der See, rechts ging es leicht den Wald hinauf. Zweimal kreuzte Oschi einen anderen Wagen. Nach zehn Minuten sah er die ersten Häuser, dann fuhr er am Ortsschild von Krugen vorbei. Er fuhr noch langsamer und folgte der Hauptstraße. Er sah Leute auf dem Gehsteig. Es war aber niemand darunter, den er kannte und den er hätte fragen können, ob er

Nelson gesehen hatte. An der Friedrich-Ebert-Straße bog er nach links ab und fuhr noch ein Stück, bis er vor der Schule stehen blieb. Die Parkplätze waren alle leer. Er zog das Handy aus der Tasche und rief zu Hause an. Sanna hob gleich beim ersten Klingeln den Hörer ab: «Ja?» Er hörte die Sorge und Ungeduld in ihrer Stimme.

«Ich bin's», sagte Oschi, und nach einer kurzen Pause: «Ist er inzwischen nach Hause gekommen?»

«Nein», sagte Sanna, «wo bist du jetzt?»

«Ich stehe vor der Schule, aber da ist keiner mehr. Hast du jemanden erreicht?»

«Ich habe bereits die halbe Klasse angerufen», sagte Sanna. «Bis jetzt weiß niemand etwas. Annette ist eine Weile hier gewesen und wieder zum Vorspiel gegangen. Sie meinte, wir sollten uns nicht zu viele Sorgen machen. So was klärt sich dann doch immer auf, und am Ende ist es harmlos gewesen.»

«Dem zieh ich die Ohren lang, das kann ich dir sagen», sagte Oschi und biss sich dann auf die Unterlippe.

«Wir wissen ja noch gar nicht, wo er ist.» Sannas Stimme klang verzweifelt.

«Ich schau mich hier an der Schule nochmals um, dann komm ich zurück», sagte Oschi.

«Ja», sagte Sanna, aber dann korrigierte sie sich. «Nein, fahr nach Potsdam. Vielleicht ist er ja einfach – ich weiß, das klingt unwahrscheinlich, aber vielleicht ist er auf der falschen Seite eingestiegen und in die andere Richtung gefahren. Bitte fahr zum Hauptbahnhof und schau dort nach.»

«Ich glaube nicht, dass er dort ist.»

«Tu es einfach», sagte Sanna, «bitte.»

«Na gut», sagte er, «zuerst schaue ich im Schulhaus nach, dann melde ich mich wieder, wenn ich am Bahnhof bin.»

Er stieg aus, ging über den Pausenhof zum Schulhaus hinüber und versuchte die Tür aufzustoßen. Sie war geschlossen. Er ging zum Wagen zurück, stieg ein und wendete. An der Hauptstraße bog er in Richtung Potsdam ab. Er hatte kein gutes Gefühl mehr. Gar kein gutes Gefühl. Er begann, sich ernsthaft Sorgen zu machen.

56 Zwanzig Minuten später rief Oschi wieder bei Sanna an.

«Nichts», sagte er.

Er war in den Potsdamer Bahnhofspassagen gewesen, an allen drei Ausgängen, auf dem Platz der Busse und Straßenbahnen, auf dem großen Parkplatz auf der anderen Seite des Bahnhofs und beim Ausgang, der zur Langen Brücke hinausführte. Er hatte Nelson nirgendwo gesehen. Keine hellblaue Jacke, nichts. Er hatte auch nicht erwartet, ihn dort zu finden. Sanna war nun einverstanden, dass er wieder zurück nach Neumühl kam. Er fuhr langsam und ließ während der Fahrt das Ufer nicht aus den Augen. Er erreichte Krugen, fuhr nochmals zur Schule, dann über die Hauptstraße in Richtung Neumühl. Bei der Abzweigung nach Moritzer Heide bog er ab und fuhr die steingepflasterte Straße hoch. Der Wind hatte dürre Zweige aus den Bäumen geschüttelt. Sie lagen auf dem Pflaster und zerbröselten unter den Reifen. Der kleine Ortsteil, der zu Neumühl gehörte, lag etwas erhöht über dem Wald. Oschi fuhr an den Zäunen entlang und sah Leute, die nach Feierabend in ihren Gärten arbeiteten. Es war sinnlos, irgendjemanden zu fragen, ob er einen neunjährigen Jungen mit einer hellblauen Jacke gesehen hätte.

Vielleicht trug er die Jacke auch gar nicht. Vielleicht hatte er sie in die Tasche gestopft. Oder beim Klavierunterricht vergessen. Oder schon vorher in der Schule. Es gab so viele Möglichkeiten. Sie mussten überall nachfragen. Jeder Kleinigkeit nachgehen. Oschi fuhr am Forsthaus vorbei, an dessen gelben Backsteinmauern sich der Efeu hochrankte. Die Familie Reiser war beim Vorspiel in der Kirche. Es hatte keinen Zweck, wenn er bei ihnen klingelte.

57 Lieschen musste an diesem Abend früh ins Bett.

Sanna konnte ihre Sorgen nicht verbergen und weinte, als sie die Decke über das Mädchen zog und ihr den Eisbären an die Wange legte.

«Mama?», fragte die zweijährige Tochter.

Sanna sagte, dass Nelson zu spät nach Hause kommen würde und dass es nicht schön sei, wenn ein Kind so ungehorsam wäre und den Eltern solche Sorgen machen würde.

«Nese böse», sagte Lieschen.

«Nein, Nelson ist nicht böse. Jetzt schlaf nur», sagte Sanna und löschte das Licht.

Das Bett an der anderen Wand war Nelsons Bett. Die beiden Kleinen mussten sich das Zimmer teilen. Für Lara und Tom hatte Oschi ein Zimmer mit Balken und Gipsplatten in zwei einzelne aufgeteilt. Das Haus war zwar nicht klein, aber bei sechs Personen war irgendwann Schluss.

Sanna musste noch einige Male hineingehen, bis Lieschen endlich Ruhe gab. Die Liste der dritten Klasse hatten sie inzwischen durch: Auermann, Ballina, Bauer, Beck, Becker, Böhse, Buchmüller, Fischer, Fröhlicher, Garn, Heinrich, Hemmerlein, Holz, Lehmann, Maller, Quast, Reiser, Schimmel, Sterneck, Tisch, Urbiteit, Warnewski, Zantow. Einige waren nicht zu Hause, die anderen wussten nichts.

Sanna versuchte auch alle anderen anzurufen, die ihr einfielen. Lehrer, Nachbarn, Freunde, den Klassenlehrer, den Hausmeister der Schule in Krugen. Die Leute waren größtenteils erstaunt über den Anruf, manche sogar befremdet. «Der wird schon wieder auftauchen», hörte sie einige Male. Niemand wusste etwas. Jeder vergebliche Anruf machte den folgenden Anruf dringlicher. Nelsons Klassenlehrer Fritjof Hacke, der ihren Jungen gut kannte, riet ihr, sich an die Polizei zu wenden.

«Das muss ja nichts heißen», sagte er, «aber lieber mal zu früh als zu spät.»

Um neunzehn Uhr zwanzig wählte sie die Notrufnummer.

«Polizeiwache Krugen, Gehr», sagte eine männliche Stimme, nachdem es zweimal geklingelt hatte.

«Ja, Petri, Neumühl», sagte Sanna und sah, dass Lieschen wieder in der Tür stand, und versuchte, ihre Tochter mit Handbewegungen zurück ins Zimmer zu scheuchen. «Unser Sohn ist nach dem Unterricht nicht nach Hause gekommen, jetzt machen wir uns natürlich Sorgen –»

«Würden Sie mir bitte Ihren Namen und Vornamen nennen?», fragte der Beamte am anderen Ende der Leitung.

«Petri», sagte Sanna. «Susanne Petri.»

«Möchten Sie eine Vermisstenanzeige aufgeben?»

«Ich weiß nicht, wir machen uns einfach Sorgen», sagte Sanna.

«Sagen Sie mir bitte Ihre Adresse?»

«Weidenweg zwölf in Neumühl.»

«Wie alt ist Ihr Sohn denn?», fragte der Beamte durchs Telefon.

«Neun», antwortete Sanna.

«Wie ist sein Name?»

«Nelson.»

«Nelson Petri?»

«Ja.»

«Und seit wann vermissen Sie ihn?»

«Nun, er hätte nach dem Klavierunterricht mit dem Bus aus Krugen nach Hause kommen sollen. Ich selbst bin aber erst um halb fünf zu Hause gewesen. Seither fehlt er.»

«Haben Sie versucht, seinen Aufenthaltsort ausfindig zu machen?», wollte der Beamte wissen.

«Wir haben überall nach ihm gesucht, und seit einer Stunde sitze ich schon hier am Telefon –»

«Gibt es Verwandte in der Nähe? Oder Freunde, bei denen er sich aufhalten könnte?»

«Ich habe alles versucht, und mein Mann fährt zwischen Potsdam und Neumühl herum und kann ihn auch nicht finden. Ich weiß wirklich nicht mehr, was ich tun soll.»

«Rufen Sie von zu Hause in Neumühl an?», fragte der Beamte.

«Ja.»

«Dann würde ich Sie bitten, in den nächsten Minuten zu Hause zu bleiben. Ich schicke eine Streife zu Ihnen, die gerade in der Nähe ist. Bitte bleiben Sie zu Hause, Frau Petri. In ein paar Minuten sind die Beamten bei Ihnen. Haben Sie mich verstanden?»

«Ja, sicher. Sicher habe ich verstanden. Ich warte also.»

Lieschen hatte die ganze Zeit unter der Tür gestanden. Sanna nahm sie endlich hoch und trug sie ins Bett zurück.

58 Um halb acht wurde Polizeihauptmeister Hirschhorn, der mit Polizeimeisteranwärter Krüger in der Nähe von Neumühl auf Streife war, von der Leitstelle in Krugen per Funk gebeten, eine Anzeige aufzunehmen. Eine Vermisstenanzeige. Ein Kind war verschwunden. Neun

Jahre alt. Von einer Gefahrenlage für das Kind musste ausgegangen werden.

Vier Minuten später hielt die Polizeistreife vor dem Gartentor der Familie Petri am Weidenweg Nummer zwölf. Das Klingelschild war eine bunt lackierte Laubsägearbeit. «Hier wohnen», war in unterschiedlichen Farben zu lesen, «Sanna, Oschi, Tom, Lara, Nelson und Lieschen.» Darunter in doppelt so großen Lettern: «Petri». Die Namen wurden von einem geschwungenen blauen Fisch getragen. Wer etwas von Fischen verstand, konnte in ihm einen Dorsch erkennen.

Sanna öffnete die Haustür und bat die Beamten herein. Im Wohnzimmer legte Polizeimeisteranwärter Krüger ein Formular auf den Tisch und zückte einen Stift.

«Zuerst brauche ich Angaben zu Ihrer Person. Wie ist Ihr Nachname?», fragte er.

«Petri», sagte sie und schaute zu, wie er schrieb.

«Vorname?»

«Susanne.»

«Ihre Telefonnummer?»

«Zweiachtundachtzig siebzehn zwanzig», sagte Sanna.

«Nulldreiunddreißig zwo null neun die Ortsvorwahl», ergänzte Krüger.

«Ja.»

«Die Adresse?»

«Weidenweg zwölf», antwortete Sanna. Die ernsthafte Genauigkeit, mit welcher der Beamte die Anzeige aufnahm, schien ihr plötzlich unangemessen. Sie fürchtete sich davor, etwas Großes in Gang zu setzen. «Ich weiß nicht», sagte sie, «ob es vielleicht etwas voreilig ist, wenn ich eine Anzeige aufgeben will.»

«Falls es so ist, sind wir alle froh», sagte Polizeihauptmeister Hirschhorn. «Dafür sind wir da.»

«Die Postleitzahl?», wollte Polizeimeisteranwärter Krüger wissen.

«Vierzehnfünfnullacht», sagte Hirschhorn anstelle von Sanna.

«Wohnort – Neumühl», sagte Krüger, «Bundesland – Brandenburg.»

«Ja», bestätigte Sanna.

«Nun die Angaben zur vermissten Person», fuhr Krüger fort. «Wer wird vermisst?»

«Mein Sohn, Nelson Petri.»

«Seit wann vermissen Sie ihn?»

«Nun, ich kam etwa um halb fünf nach Hause. Dann hätte er bereits hier sein müssen.»

«Also heute Nachmittag, sechzehn Uhr dreißig –»

«Er hätte eigentlich schon lange vorher hier sein müssen, aber da war ich noch nicht da», sagte Sanna, «und Lara, meine ältere Tochter, ist heute ebenfalls eine Stunde später als gewöhnlich nach Hause gekommen, deshalb kann ich Ihnen gar nicht sagen, ob er vorher vielleicht schon mal da war und nochmals wegging –»

Polizeimeisteranwärter Krüger blickte zu seinem Vorgesetzten, dieser deutete auf das Formular.

«Wie ist der Verwandtschaftsgrad der vermissten Person zu Ihnen?», fragte Krüger nach einem Blick auf das Blatt.

«Na, mein Kind. Nelson ist unser Sohn, das dürfte

doch klar sein.» Seine distanzierte Art machte sie etwas nervös.

«Wo könnte sich Ihr Sohn denn aufhalten?», fuhr Krüger fort.

Sanna hob beide Hände und zog die Schultern hoch.

«Wohnen seine Großeltern in der Nähe? Sonstige Verwandte?»

Sanna schüttelte den Kopf.

«Wie ist es mit Freunden?»

«Nelson hat keinen engen Freund in dem Sinn. In Frage kommen höchstens Klassenkameraden, aber die habe ich fast alle bereits angerufen.»

«Haben Sie schon nachgefragt, ob er denn heute in der Schule war?», fragte Hirschhorn dazwischen.

«Ja, ich habe mit seinem Lehrer telefoniert. Nach der Schule ist er zum Klavierunterricht nach Krugen gefahren», sagte sie, «mit dem Bus.»

«Und Sie wissen, dass er auch wirklich dort war?», hakte Hirschhorn nach.

«Ja, sein Klavierlehrer hat das bestätigt. Nelson hat den Unterricht zur gewohnten Zeit verlassen. Aber ob er anschließend wieder den Bus genommen hat, um zurück nach Hause zu fahren, das weiß niemand.»

«Nach Ihrem Wissensstand ist demnach der Klavierlehrer diejenige Person, die Ihren Sohn zuletzt gesehen hat?», fragte Krüger.

«Ja.»

«Können Sie uns seinen Namen und seine Adresse nennen?», wollte Hirschhorn wissen.

«Er wohnt auch in Neumühl, am Ende des Seewegs, Nummer siebenundzwanzig, Ballina, Gabriel Ballina heißt er», sagte Sanna.

«Das Geburtsdatum brauche ich noch», sagte Krüger und blickte sie fragend an.

«Wieso? Ach so», sagte Sanna, «von Nelson – der achte April zweitausend.»

«Wie groß ist Ihr Sohn?»

«Wie groß er ist? Das ist schwer zu sagen, neun Jahre alt, etwa so. Wir haben schon länger nicht mehr gemessen. Hier», Sanna ging durch den Flur zur Küchentür und deutete auf eine Bleistiftmarkierung am Türpfosten, «das ist schon ein Jahr her. Also einsdreißig wird er heute sicher sein.»

«Augenfarbe?»

«Grün.»

«Haarfarbe?»

«Hellbraun.»

«Was für Kleidung trägt Ihr Kind?»

«Jeans, gewöhnliche blaue Jeans, einen dunkelgrünen Pulli und eine hellblaue Regenjacke mit Kapuze.»

Der junge Beamte trug die letzte Angabe ein und blickte dann zu seinem Vorgesetzten.

«Es werden jeden Tag vermisste Kinder gemeldet, Frau Petri», sagte Hirschhorn zu Sanna gewandt. «Zu Ihrer Beruhigung kann ich Ihnen aber sagen, dass nahezu alle in kurzer Zeit wiederauftauchen. Wir nehmen die Angelegenheit trotzdem sehr ernst, davon können Sie ausgehen. Minderjährige dürfen ihren Aufenthaltsort nicht selbst bestimmen. Ein Kind, das seinen gewohnten Lebenskreis verlassen hat und dessen Aufenthalt nicht bekannt ist, gilt bei uns als vermisst. Ihre Angaben werden von unserer Dienststelle in den zentralen Computer eingegeben. Vermisstenanzeigen von Kindern und Jugendlichen sind sofort in allen Dienststellen präsent. Das ist ein Routinevorgang und soll Sie nicht unnötig beunruhigen. Der Bereichsleiter wird außerdem entscheiden, was für Maßnahmen wir anfordern können. Es wäre hilfreich, wenn Sie uns ein Foto von Nelson geben könnten.»

Sanna ging zum Schrank am hinteren Ende des Wohnzimmers und öffnete eine Schublade. Sie kramte darin herum und kam mit einem Umschlag zurück. Darin waren verschiedene Passfotos. Eins davon reichte sie Hirschhorn.

«Das ist er», sagte sie.

Der Junge sah nicht wie die üblichen Ausreißer aus, fand Hirschhorn. Eher wie ein verschrecktes kleines Kind.

59 Nelson saß oberhalb der letzten Häuser im Wald und beobachtete die Fischerkirche aus einiger Entfernung. Obwohl er nicht wusste, wie er sein Ausbleiben später erklären sollte, war er froh, dass er in diesem Augenblick nicht in der Kirche war. Dass er nicht nach vorne gehen musste, während ihn alle anstarrten. Dass er sich nicht ans Klavier setzen musste, die grässliche Stille nicht ertragen musste, die auf ihn wartete, wenn er nicht mehr weiterspielen konnte.

Im Frühling fand auf dem Pausenhof der Schule das Musikfest statt. Nelson sollte die Flötenspieler auf dem E-Piano begleiten. Mitten im Stück fegte ein Windstoß sein Notenblatt weg. Nelson war darüber so erschrocken, dass er das Stück nicht mehr zu Ende spielen konnte. Herr Ballina musste einspringen und es an seiner Stelle tun.

Nelson blieb eine Weile zwischen den Bäumen sitzen. Er blickte zu ihrem Haus hinunter und sah den Polizeiwagen, der im Weidenweg stand. Er wusste nicht, was die Polizei dort machte, ob sie vielleicht bei ihnen oder bei den Haudens oder bei Warnewskis war. Er wusste nur, wo ein Polizeiwagen stand, war etwas los.

Nun stand er auf und schlüpfte unter dem Maschendrahtzaun hindurch, der die ehemalige Nerzfarm umgab. Er wollte sich verstecken, bis das Vorspiel vorüber war und alle Leute nach Hause gegangen waren. Bis es dunkel war und ihn niemand mehr sehen konnte. Auf dem Gelände gab es genügend Möglichkeiten, sich zu verstecken. Entlang der Straße stand eine große Halle. Dort waren leere Holzkisten gestapelt, hinter denen er sich verkriechen konnte.

Ein dichtes Kraut mit gelben Blüten verbarg Nelson vor den Blicken von der Straße. Er näherte sich der Rückseite der Halle und suchte nach einer Einstiegsmöglichkeit, als plötzlich der Boden unter ihm nachgab, sich öffnete und Nelson verschluckte.

60 Oschi kam die Straße von Moritzer Heide heruntergefahren. Vor ihm lag ein schmaler Streifen Wald, dahinter der See. An der Kreuzung blieb er kurz stehen. Links ging es nach Neumühl, rechts nach Krugen. Da vorn, wusste Oschi, war die große Kiefer mit der Schaukel. Er ließ den Wagen über die Straße rollen und stellte ihn neben der Fahrbahn ab. Wenn er schon hier war, konnte er sich ja mal umschauen. Wer wusste denn, was im Kopf eines neunjährigen Jungen vorging.

Er zog prüfend an der Schaukel. Die Stricke waren alt und abgescheuert. Irgendwann würden die reißen, und jemand würde im hohen Bogen durch die Luft fliegen. Er blickte über den See und wollte wieder zurück zum Wagen, als er meinte, unten am Ufer etwas liegen zu sehen. Er rutschte die sandige Böschung hinunter und ging zum Wasser. Etwas Hellbraunes lag im Gras, eine Tasche, die Oschi zu kennen glaubte. Er hob sie auf, öffnete den Verschluss und sah hinein. Kopierte Musiknoten, ein Notenbuch *Europäische Klavierschule*. Nelsons Tasche.

Oschi wusste nicht, ob das ein gutes oder ein schlechtes Zeichen war, dass er die Tasche gefunden hatte. Jedenfalls war es ein Zeichen. Nelson musste hier gewesen sein. Oschi blickte sich um, betrachtete die Böschung, oben die große Kiefer mit der Schaukel, hier unten das Schilf, das Wasser. Dann nahm er sein Handy und rief zu Hause an.

«Ich habe Nelsons Tasche gefunden», sagte er, als Sanna sich meldete. «Bei der Abzweigung nach Moritzer Heide. Hallo, Sanna? Bist du noch dran?»

«Und wo ist Nelson?», fragte sie erschrocken.

«Keine Ahnung», sagte Oschi.

«Er muss doch irgendwo sein. Wo hast du die Tasche denn gefunden?», wollte Sanna wissen.

«Am Ufer unterhalb der Kiefer mit der Schaukel.»

«Die Polizei ist hier», sagte Sanna, «ich werde es ihnen sagen.»

61 Lara Petri war die letzte Schülerin des Vorspiels.

Es war ein Vergnügen, sie am Klavier zu begleiten. Wir hatten das Stück in den letzten Wochen regelmäßig geübt, und die Aufregungen in ihrer Familie schienen das vierzehnjährige Mädchen überhaupt nicht zu beeinflussen. Lara spielte konzentriert und kraftvoll. Vor jeder Wiederholung blickte sie mich an und zog demonstrativ die Luft ein. Im Pianissimo wurde sie nicht langsamer und im Fortissimo nicht schneller, die Zäsuren waren gekonnt gesetzt, und das Finale riss die letzten Zweifler mit. Als sie überglücklich und mit geröteten Wangen neben mir stand, bekam sie den mit Abstand größten Applaus. So sollte es auch sein.

62 Rechtzeitig zum Anpfiff kam Erwin zurück.

Er war mit seinem Motorrad zu Aldi gefahren und hatte zwei Sixpacks Bier und eine Flasche Apfelkorn besorgt. Göring hatte seine Rückkehr mit heiserem Bellen angekündigt.

«Da sind gerade die Bullen durch den Ort gedüst, ich dachte, die verfolgen mich, aber sie sind an mir vorbei in Richtung Krugen gefahren», sagte Erwin, als er zur Tür hereinkam. Er riss die Folie vom ersten Sixpack auf und teilte die Flaschen aus.

Kutte drückte immer noch das nasse Handtuch an seine Stirn.

«Mit deiner Simson kommst du doch nie auf 'ne verbotene Geschwindigkeit», sagte Winnie.

«Was war denn los?», wollte Tom wissen.

«Keine Ahnung», sagte Erwin, dann quetschte er sich in die Ecke des abgewetzten Sofas und widmete sich wie die anderen dem Fernseher: Werder Bremen gegen irgendwen.

Tom hatte sich nie besonders für Fußball interessiert. Er hatte seine Band, seine Freunde, seine Familie. Das war nun plötzlich anders. Er dachte an das Graffiti in ihrem Garten. War es vielleicht sein Vater, der die Bullen gerufen hatte?

Winnie dachte ebenfalls an die Polizei. Aber wegen was anderem. Er dachte an die Möglichkeit, dass sie bei ihrem Einbruch beobachtet worden waren. Jemand, der an Schlaflosigkeit leidet und nachts mit seinem Hund spazieren geht.

«Das passt mir nicht», sagte Winnie, «dass die hier herumschnüffeln. Vielleicht hat jemand damals in der Nacht unsern Volvo gesehen. Jemand von euch vielleicht?»

«Kann ich mir nicht vorstellen», sagte Tom, an den die

Frage gerichtet war. «Meine Alten interessieren sich nicht dafür, wer bei euch so kommt und geht.»

«Hoffen wir's, das wäre ungünstig.» Winnie wollte die Sachen irgendwo anders verstecken, bis Tom sie über eBay verscherbelt hatte. Die Frage war nur: Wo? Auf dem Hochsitz, der in der Nähe stand? Ging nicht, weil der Jäger unterwegs war. In der Nerzfarm? Das wäre von Anfang an besser gewesen. Im Augenblick war es aber schlecht, zu hell, am Feierabend waren viele unterwegs, die Polizei in der Gegend. Sie mussten Geduld haben.

«Können wir die Sachen nicht bei dir verstecken?», fragte Winnie. «Bis sie versteigert sind?»

Tom zog die Mundwinkel herunter. «Bei uns sind jetzt alle zu Hause. Morgen Vormittag vielleicht, wenn alle weg sind. Aber wo, weiß ich auch nicht.»

«Wenn die Bullen wirklich im Ort suchen», sagte Winnie, «kommen die garantiert zu uns.»

«Die Bullen können nich einfach in die Häuser von jemand», wusste Erwin, «dit is Landfriedensbruch oder wie et heißt.»

«Erwin geht nachher nochmals die Lage checken», legte Winnie fest.

«Vielleicht hat uns jemand wegen Paintball verpfiffen», sagte Kutte.

63 Um acht war das Vorspiel in der Fischerkirche zu Ende.

Frau Haas bat alle Kinder nach vorn. Unter dem Beifall der Eltern und Geschwister griffen sich die Kinder Süßigkeiten aus dem Korb, den Frau Haas ihnen entgegenhielt. Verabschieden und Aufräumen dauerten dann nochmals eine halbe Stunde. Die Eltern wollten noch ein paar Worte mit den Musiklehrern wechseln. Einige hatten Geschenke mitgebracht. Ballina durfte an diesem Freitag zweimal eine Flasche Wein entgegennehmen, einen Maxiriegel Marzipan, einen Korb mit Kirschen und zweimal Blumen mit einer beigefügten Kinderzeichnung.

Jakob und Iris trugen die Sachen in den Mini Cooper, während Ballina noch Hände schüttelte und immer wieder anmerkte, dass das Schuljahr eigentlich noch eine Woche dauern würde.

Zu dritt fuhren sie dann nach Hause, um die Sachen abzuladen. Danach wollten sie zur Feier des Tages im Mühlenhotel essen gehen. Alle drei zusammen. Das war ein Kompromiss. Gabriel wollte Jakob ein wenig Familienleben gönnen, gleichzeitig sollte es nicht allzu intim und damit problematisch werden. Seit ihrem Auszug vor drei Monaten war es das erste Mal, dass sie zusammen so etwas unternahmen.

Beim Essen sprachen sie über das Vorspiel, über die Leistungen der einzelnen Schüler, die verschiedenen Stücke.

«Hast du Nelson heute Nachmittag irgendwo gesehen?», wollte Ballina von seinem Sohn wissen.

«Weiß nicht», sagte Jakob. «Wieso fragst du?»

«Na, weil seine Mutter ihn doch sucht», sagte er.

Iris betrachtete ihn von der Seite, als hätte sie eine Frage auf den Lippen. Sie sprach sie aber nicht aus.

Als sie um halb zehn aus dem Mühlenhotel auf den Parkplatz traten, wollte Iris ihren Mann und Jakob nach Hause fahren.

Ballina lehnte mit der Begründung ab, dass ein kleiner Spaziergang nun genau das Richtige sei.

Jakob fragte seine Mutter, wieso sie nicht mit ihnen mitkommen konnte.

«Das geht leider nicht, mein Schatz», sagte sie und drückte ihn an sich. Dabei presste sie ihre Augen zusammen, um nicht weinen zu müssen.

Du hast es so gewollt, dachte Ballina, der danebenstand. Er wusste, dass sie ihm die Schuld dafür gab, dass sie nicht mehr zusammenlebten. Ihrer Meinung nach hätte er es aushalten müssen, dass sie fremdging. Sie glaubte, ein Recht darauf zu haben. Ihre Gefühle zwangen sie dazu, meinte sie. Sie sei für ihre Gefühle nicht verantwortlich, behauptete sie. Die sucht man sich nicht aus, meinte sie. Genauso wenig wie Fieber oder eine Grippe.

«Gefühle hat man einfach», sagte sie, «und wenn du sie in deinem Leben unterdrücken willst, dann kann ich dich nicht daran hindern, aber verlange das nicht von mir.»

Ballina war in ihren Augen rückschrittlich, konservativ, altmodisch, ja, viel schlimmer noch, er war repressiv, besitzergreifend.

«Menschen kann man nicht besitzen», sagte sie.

Eine Weile nahm er die Schuld auf sich. Er versuchte mit der Tatsache fertig zu werden, dass sie eine Affäre hatte. Bis die Paartherapeutin ihm in einem Einzelgespräch zu verstehen gab, dass er seine Forderungen klar artikulieren musste. Seine Forderung lautete, dass Iris auszog, wenn sie nicht auf die Affäre verzichten konnte. Und mit Hilfe der Therapeutin setzte er es durch. Iris behauptete zwar, dass sie mit ihrem Liebhaber Schluss gemacht habe und dass sie ihn nicht mehr sehen würde. Sie stellte sich aber so ungeschickt an, dass es für Ballina einfach war, ihr das Gegenteil zu beweisen.

Iris ließ von ihrem Kind ab, stieg in den Mini Cooper und fuhr in Richtung Berlin davon. Vielleicht in ihre Charlottenburger Wohnung. Vielleicht auch nicht. Ballina wollte es gar nicht wissen.

64 Ballina nahm die Hand seines Sohnes, und zusammen machten sie sich auf den Weg nach Hause. Der Weg führte vom Parkplatz des Mühlenhotels über die Seewiese, am Dampfersteg und an der Mühle vorbei und dann durch ein kurzes Waldstück, bis er in die Hauptstraße mündete.

Nein, dieser Spaziergang war kein gemütlicher Tagesausklang. Ballinas Leben war an der Oberfläche aufgeraut wie der Julensee in der Dämmerung: grau mit Schaumkronen. Der Besuch von Iris, das Vorspiel, die Begegnung mit Sanna, das Verschwinden von Nelson.

Und nun ging er mit seinem Kind vom Mühlenhotel den See entlang nach Hause, während der Wind durch die Bäume rauschte und ihnen keine Ruhe ließ. Auf der Seewiese kamen sie an der Mühle vorbei. Einer der Flügel war mit Stahlseilen und einem Vorhängeschloss an einem in den Boden gerammten Eisenrohr angeschlossen. Das mit Karbol gestrichene Holz des Mühlenkastens wirkte schwarz in der Dämmerung.

«Hier hat Jule gewohnt», sagte Jakob.

«Eigentlich in einer noch älteren Mühle, drüben bei der Nerzfarm. Diese hier haben sie erst gebaut, nachdem ein Sturm die alte Mühle zerstört hat.»

Jakob ignorierte die Richtigstellung seines Vaters und breitete sein Wissen weiter aus. «Jule hat ein Seidentuch geschenkt bekommen, von einem Händler, und der Müller hat das Seidentuch um Jules Hals geknotet und es am Flügel der Windmühle festgebunden», sagte er.

«Das ist ein Märchen, eine Sage, eine erfundene Geschichte», versuchte Ballina die Diskussion zu beenden. Wenn Jakob sich zwischen Iris und ihm hin- und hergerissen fühlte, benahm er sich kindischer, als es sein Alter erwarten ließ. Die Laternen, die am Seeweg standen, gingen an und erstrahlten in einem trüben gelben Licht. Am Himmel zogen die Wolken dahin, die Bäume hatten ihre Konturen verloren und waren zu einer bewegten dunklen Masse geworden.

«Warum hat der Müller das getan?», fragte Jakob.

«Nun, er war wohl sehr eifersüchtig und auch sonst kein netter Mensch, vermute ich mal», sagte Ballina.

«Ist eine Mühle so stark, dass sie eine Frau in die Luft heben kann?», wollte Jakob wissen.

«Das kommt ganz auf den Wind an», sagte Ballina, «bei starkem Wind ist das wahrscheinlich kein Problem.»

«Ist der Wind heute stark genug?», wollte Jakob wissen.

«So was macht ja keiner», sagte Ballina, «einen Menschen am Windmühlenflügel aufhängen, jedenfalls nicht bei uns und nicht mehr heute.»

«Aber als Jule hier wohnte, da haben sie das noch gemacht?»

«Im Märchen.» Die Beharrlichkeit seines Kindes begann ihn zu nerven.

«Ist dieser Wind stark genug», wollte Jakob wissen und zeigte dabei in die Baumkronen.

«Ich weiß es nicht», sagte Ballina, «wahrscheinlich könnte dieser Wind sogar ein Pferd in die Luft heben.»

Jakob ließ nicht locker. «Wenn jemand drei Tage lang am Hals aufgehängt und durch die Luft gedreht wird, wird der Hals ja so lang. Fällt dann nicht der Kopf ab?»

«Das weiß ich nun wirklich nicht, Jakob, weil so was zum Glück keiner macht. Wir sind gleich zu Hause.»

«Ist Mama eine Prostituierte?», fragte Jakob plötzlich.

«Wie kommst du denn darauf?» Ballina war verdutzt. «Was glaubst du denn, was das ist, eine Prostituierte?»

«Eine Frau, die schwarze Strümpfe anzieht.»

Ballina begriff, was sein Sohn meinte. Jakob war Zeuge eines heftigen Streits geworden, als sich Iris eines Abends umzog, bevor sie sich mit einer Freundin treffen wollte, wie sie vorgab. Ballina wusste nicht mehr, was er Iris an jenem Abend alles an den Kopf geworfen hatte, aber es war jedenfalls viel Unschönes dabei gewesen.

«Nein», sagte er nun, «das ist sie ganz sicher nicht.»

Am Ende der Seewiese führte der Weg ein Stück unter den Bäumen hindurch, unter großen Eichen, Erlen, Ulmen.

Jakob erzählte, dass man Wildschweine riechen könne, bevor man sie zu Gesicht bekomme. Dass man in die Hände klatschen müsse, um sie zu vertreiben. Weil das helle Patschen der Kinderhände sich ein wenig schwächlich anhörte, musste Ballina aushelfen. Sein Händeklatschen hörte sich an wie ein Schuss.

«Wildschweine fürchten sich vor den Menschen», sagte Jakob. Das hatte ihm Ballina im letzten Herbst erzählt, als sie nach dem Eindunkeln Wildschweine hinter dem Gartenzaun hörten und einen stechenden Geruch bemerkten, der in der Luft lag. Nun wiederholte es Jakob, um seine Furcht zu vertreiben.

«Im Sommer sind sie tief im Wald», sagte Ballina, um seinen Sohn zu beruhigen. «Wenn überhaupt, kommen sie erst spät nachts, wenn wir schlafen und sie gar nicht bemerken.»

«Wenn auch Jule kommt», fügte Jakob hinzu.

«Das ist ein albernes Märchen», sagte Ballina schroffer, als er es sonst tat. Er war unkonzentriert und hatte an diesem Abend keine Lust, sich spielerisch irgendwelchen Gruselgeschichten hinzugeben. Was sie sonst gerne taten.

«Herr Hacke hat gesagt, in jedem Märchen gibt es eine Wahrheit.»

«Allgemeine Dinge im übertragenen Sinn», sagte Ballina, wohl wissend, dass das eine unbefriedigende Antwort für einen neunjährigen Jungen war.

Sie sahen nun die Häuser am Seeweg. Im ersten wohnte Frau Mulde, im nächsten Jonas Maller mit seinen Eltern. Dann machte der Seeweg einen Knick und ging zur Straße hoch. Dahinter lag Ballinas Grundstück, das bis ans Wasser hinunterreichte.

Jakob ließ die Hand seines Vaters los und drückte das Gartentor auf.

65 Oschi stand neben seinem Wagen an der Kreisstraße. Nelsons Tasche lag auf der Motorhaube. Der Polizeiwagen kam von Neumühl her und blieb neben ihm stehen. Die Beamten Hirschhorn und Krüger stiegen aus und ließen sich zum Fundort führen. Sie wussten nicht, was es zu bedeuten hatte, dass die Tasche hier lag. Sie suchten zu dritt die nähere Umgebung ab, ohne etwas zu finden.

«Wir müssen einen Spürhund anfordern», sagte Hirschhorn. Dann fuhren sie wieder nach Neumühl zurück.

66 Die vom Rost zerfressene Eisenplatte war unter ihm eingebrochen, und Nelson durch ein Loch in die Tiefe gefallen. Der rechte Arm schlug an der Kante auf und verdrehte sich dabei schmerzhaft nach oben. Nelson fiel in eine dunkle Leere und landete in seifiger, übelriechender Jauche.

Er strampelte und spürte weichen Grund unter seinen Füßen. Er konnte sich aufrichten und aus der Jauche auftauchen. Mit der linken Hand versuchte er sich an der kalten, schmierigen Grubenwand abzustützen.

In seinem rechten Ellbogen spürte er einen höllisch scharfen Schmerz, als wäre ihm dort der Unterarm abgetrennt worden. Er konnte den Arm nicht mehr bewegen, so arg tat er weh.

Nelson wusste im ersten Augenblick nicht, wo er war. Um ihn herum war es finster. Dann sah er hoch oben das kleine Viereck Dämmerlicht. Da oben war er eingebrochen. Auf dem Gelände der alten Nerzfarm. Er war in die Tiefe gefallen, in stinkende Jauche, die sich zwischen den Fingern schmierig anfühlte.

Der Gestank war fürchterlich. Nelson fühlte ein Würgen im Hals, als müsse er erbrechen. Er lehnte sich mit dem Rücken an die Grubenwand. Das Schlimmste war der Schmerz im linken Arm. Er schmerzte so stark, dass Nelson anfing zu wimmern. Als er ihn mit der linken Hand betastete, merkte er, dass der Unterarm seltsam verdreht war und nicht mehr richtig am Ellbogen ansetzte.

67 Ballina hatte eine Tasse Milch warm gemacht und brachte sie Jakob ans Bett. Er sagte ihm, dass sie morgen ausschlafen konnten, gab ihm einen Kuss auf die Stirn, löschte das Licht und ging hinaus.

«Spielen!», rief ihm Jakob durch die angelehnte Tür hinterher.

«Heute nicht», antwortete Ballina, «es ist schon spät, und du sollst jetzt schlafen.»

«Ich schlafe nur, wenn du spielst», rief Jakob trotzig zurück.

«Na gut», sagte Ballina, ging die knarrenden Stufen ins Erdgeschoss hinunter und setzte sich an den Flügel, der in der Ecke des Wohnzimmers stand. Er blätterte durch den Notenstapel und öffnete ein Heft mit Beethovens Klaviersonaten. Andere Leute erzählen ihren Kindern Gutenachtgeschichten. Ballina spielte seinem Sohn fast jeden Abend ein Gutenachtstück vor, meistens ein Adagio. Er sollte ja einschlafen. An diesem Freitagabend entschied er sich für den zweite Satz aus der Sonate Nummer acht, Opus dreizehn. Der Satz hatte etwas Versöhnliches und würde – so dachte Ballina – diesen aufgerissenen Tag abschließen.

Die Klänge des Flügels erfüllten das Haus, der Sommerflieder wurde draußen vom Wind geschüttelt und kratzte mit den Ästen an der Glastür, oben schlief sein Kind. Der Abend war so sentimental aufgeladen, dass er jeden Augenblick erwartete, jemanden laut «Kitsch!» rufen zu hören. Aber er war nicht auf der Bühne, Ballina war allein zu Hause, abgesehen von seinem schlafenden Kind, und er fand den Augenblick großartig, voller Schwermut und Süße, als wäre er Teil eines Films.

Als Ballina die letzten Akkorde gespielt hatte und lauschte, ob oben Ruhe eingekehrt war, sah er den nächsten Sonatensatz vor sich und konnte es nicht lassen, ihn auch noch zu beginnen. Er spielte das Rondo fahrig und unruhig, brach ein paarmal ab, machte Fehler. So einfach ließ sich der Tag doch nicht abschließen. Ungefähr in der Hälfte hörte er zu spielen auf. Die süße Abendstimmung war nicht aufrechtzuerhalten.

Ballina lauschte nochmals, aber es blieb ruhig. Er öffnete die Glastür, die in den Garten hinausführte, und trat ins Freie. Am Ende des Gartens, wo die kleine Böschung zum Ufer abfiel, stand ein alter Holzschuppen, dessen Wände nach drei Seiten hin fehlten. Das war der bevorzugte Platz von Ballina, wenn er draußen im Garten war. Ein paar alte Rattansessel und ein Sofa der Vorbesitzerin waren hier abgestellt. Im Rücken hatte man die dunkle Schuppenwand, linker Hand lag der See im Zwielicht und rechts das Haus mit dem warmen Licht im Erdgeschoss. Ballina ließ sich in einen der alten Sessel fallen. Zu seinen Füßen der kurzgeschorene Rasen, dahinter der Zaun und die Sträucher in Nachbars Garten. Zwischen den Ästen schimmerte das Licht im Haus von Jennifer Basch und Alfred Maller. Ballina versuchte, Ordnung in die Ereignisse des Tages zu bringen. Der Abend mit Iris war unangenehm gewesen. Angespannt und befangen. In Zukunft wollte er darauf verzichten, ein Familienleben zu simulieren. Es hatte keinen Sinn, wenn sie

Jakob etwas vorgaukelten, was unwiederbringlich verloren war.

Normalerweise genoss es Ballina, unter dem Schuppendach zu sitzen und den See, den Garten und das Haus zu betrachten. Es war ein schönes Gefühl, an einem Ort zu sein, wo einen niemand stören konnte. Besonders dieser Augenblick, wenn Jakob oben im Kinderzimmer am Einschlafen war, während er da draußen wachte, hatte etwas Magisches, sogar an diesem seltsamen Freitag. Er dachte an die Verabredung mit Sanna, das Vorspiel, das Abendessen mit Iris und vor allem an das Verschwinden von Nelson. Er dachte daran, bei Sanna anzurufen und danach zu fragen, aber er fürchtete sich davor. Vielleicht war Nelson inzwischen ja wieder zu Hause. Er hoffte es sehr.

An diesem Freitag war alles in Bewegung geraten, wie vom Wind angetrieben. Während er draußen saß, nahm die Dämmerung zu, verdickte sich wie Sirup, strudelnder Dunkelsirup. Der Wind ließ es nicht zu, dass er seine Gedanken ordnete. Seine Sinne waren damit beschäftigt, dem Rauschen in den Bäumen zu lauschen und den Blick zwischen der unruhigen Oberfläche des Julensees und dem dunklen Haus mit dem Licht im Erdgeschoss hin- und herschweifen zu lassen.

Die aufsteigende Nacht eröffnete einen großen Resonanzraum. Düster klingende Dunkelheit im Innern eines Kontrabasses. Der Wind strich wie ein flüsternder Bogen über die Saiten und ließ sie erschaudernd brummen. Auf der anderen Seite der kleinen Bucht sah Ballina Lichter in den Häusern brennen. Er erkannte die beleuchtete Terrasse des Mühlenhotels. Die Herkunft der anderen Lichter konnte er nur erraten. Links außen am Dorfeingang, das musste die Marina sein, etwas erhöht Sannas Haus, daneben die Baracken der Gebrüder Hauden. Familie Quast wohnte ebenfalls dort drüben, Warnewskis, Hackes, Lehmanns.

Der Ort Neumühl war wie ein Hufeisen um die Bucht gelegt. Hufeisen sind Glücksbringer. Hatte ihm dieser Ort Glück gebracht?, fragte sich Ballina. Anfangs ja. Der Umzug aufs Land war vielversprechend. Der Beginn ihres Lebens in dem Haus am See war bezaubernd und anregend. Seit dem letzten Winter aber war Schluss damit. Das Glück war schal geworden. Wie ein Apfel, der außen noch von einer schönen roten Schale umgeben, im Innern längst matschig und faul geworden war.

Das Unumkehrbare daran war ihm heute aufgegangen. Ballina dachte an Sanna, an ihren Körper, der ihn heute Nachmittag überrascht hatte, an seinen Geruch, seine Festigkeit, Wendigkeit und Hitze, er dachte an das grelle Licht, wenn die Sonne zwischen zwei Wolken hervorkam und jede Pore, jedes Härchen, den schimmernden Streifen Glanz auf ihrer Haut hervorhob – an all das dachte er, als er vor Schreck zusammenfuhr, weil in diesem Augenblick eine Gestalt in den hinteren Teil des Gartens trat. Sie kam am Haus entlang nach hinten, blieb neben dem Sommerflieder stehen und blickte in die beleuchteten Räume des Erdgeschosses hinein.

Es war ein ähnlicher Schock wie in jener kalten Oktobernacht vor fünf Jahren, als ein unbekannter Mann in triefend nassen Kleidern aus dem See stieg und über Ballinas Grundstück ging.

Dieses Mal kam ein Mann von der Straße, und er trug eine Uniform.

Ballina, der immer noch unter dem Schuppendach saß, starrte angestrengt in die Dunkelheit. Als die Mauerleuchte anging, sah er, dass es sogar zwei Männer waren. Zwei Polizisten. Ein ungutes Gefühl überkam ihn.

«Im Haus ist Licht», sagte der erste halblaut, worauf der zweite in Richtung der Terrassentür rief: «Hallo?»

Ballina erhob sich vom Sessel, trat aus dem Schatten des Schuppendachs und sagte: «Guten Abend.»

«Ah, da ist ja doch jemand zu Hause», sagte der erste Mann und wandte sich Ballina zu. Es war ein massiger Polizist, der trotz seiner Körperfülle beweglich wirkte. «Können wir Sie einen Augenblick sprechen?», fragte er.

Es geht um Nelson, dachte Ballina und sagte: «Sicher.»

«Herr Ballina?», fragte ihn der Beamte, und als dieser nickte, stellte er sich selber vor: «Hirschhorn, Leitstelle Krugen.»

«Ich bleibe im Wagen», sagte der andere Polizist und entfernte sich um das Haus.

«Um was geht es denn?», fragte Ballina, obwohl er ahnte, was auf ihn zukam.

«Können wir kurz hineingehen?», fragte Polizeihauptmeister Hirschhorn, und als Ballina die Terrassentür öffnete, um ihn hineinzulassen, fügte er hinzu: «Wir haben

Licht im Haus gesehen und am Gartentor geklingelt, aber niemand hat geöffnet.»

«Ich war gerade hinten im Garten», sagte Ballina, «mein Sohn ist schon im Bett und ich bin allein. Aber bitte, nehmen Sie doch Platz.» Er wies auf die Stühle beim Esstisch und setzte sich ihm gegenüber hin.

«Es geht um Nelson Petri, einen Klavierschüler von Ihnen –»

«Ist ihm etwas passiert? Ist er gefunden worden?», sagte Ballina.

«Sie wissen bereits, dass er vermisst wird?»

«Ja, sicher. Nelson hätte am Vorspiel teilnehmen sollen, heute Abend in der Fischerkirche. Er ist aber nicht erschienen.»

«Richtig. Seine Mutter, Frau Petri, hat nun eine Vermisstenanzeige aufgegeben. Nun versuchen wir, seinen Aufenthaltsort zu ermitteln. Wir haben Sie zu Hause und auf Ihrem Handy angerufen, leider ohne Erfolg.»

«Ja, das tut mir leid, wir sind gerade eben erst nach Hause gekommen, und das Handy habe ich beim Vorspiel ausgeschaltet und dann vergessen.»

«Haben Sie eine Vermutung», fragte der Polizist, «wo sich der Junge aufhalten könnte?»

«Nein, keine Ahnung», sagte Ballina, «ich habe wirklich keine Ahnung. Ich wäre froh, ich wüsste es und könnte helfen.»

Polizeihauptmeister Hirschhorn nahm einen Schreibblock aus der Brusttasche seines Uniformhemds und legte ihn vor sich auf den Tisch.

«Wann und wo haben Sie Nelson Petri zuletzt gesehen?», wollte er wissen.

«Er war bei mir in der Klavierstunde, von halb drei bis drei», sagte Ballina.

Der Polizist notierte es sich und wollte dann wissen: «Wo findet die Klavierstunde statt?»

«In der Grundschule von Krugen», sagte Ballina und fügte dann hinzu: «Leider ist die Gemeinde Neumühl nicht bereit, die Schulkinder nachmittags unentgeltlich in die Schulzimmer zu lassen –»

«Das hat uns Frau Petri bereits erklärt», unterbrach ihn Polizeihauptmeister Hirschhorn. «Im Augenblick geht es hier nicht um Politik.»

«Natürlich, Sie haben recht», sagte Ballina. «Es tut mir leid, aber ich kann mich jedes Mal von neuem darüber aufregen.»

«Was ich dabei nicht verstehe: Hat die Musikschule kein eigenes Gebäude?», wollte Hirschhorn nun trotzdem wissen. «Wo ist sie denn untergebracht?»

«Die Kreismusikschule ist eine dezentrale Einrichtung des Landkreises. Dafür gedacht, dass Kinder in ihren Wohnorten Musikunterricht erhalten können. In der Regel sind die Gemeinden auch froh darüber und stellen die Schulzimmer für den Musikunterricht zur Verfügung, natürlich unentgeltlich. In Neumühl ist das leider nicht der Fall, wegen ein paar Euros, ich finde –»

«Im Augenblick machen wir uns Sorgen um ein vermisstes Kind», sagte Hirschhorn, und Ballina pflichtete schnell bei: «Sie haben recht, selbstverständlich.»

«Was für einen Eindruck machte der Junge auf Sie?»

«Er war wie immer. Na ja, er ist ein sehr ruhiges Kind, ziemlich schüchtern. Ein mittelmäßiger Klavierschüler, übt seine Sachen, aber er kommt nicht allzu schnell voran. Aber heute war er wie immer. Es ist mir nichts aufgefallen», sagte Ballina.

«Haben Sie sehen können, wohin er nach der Klavierstunde ging?»

«Das kann ich vom Schulzimmer aus nicht sehen. Ich kann nur bestätigen, dass er um drei den Unterricht beendet und das Zimmer verlassen hat», sagte Ballina.

«Wo sind Sie selbst nach dieser Stunde hingegangen?», wollte der Polizist wissen.

«Ich hatte noch eine Schülerin, danach, das heißt um halb vier bin ich mit dem Fahrrad nach Neumühl zurückgefahren.»

«Können Sie mir den Namen dieser Schülerin nennen, die nach Nelson Petri Unterricht hatte? Vielleicht hat sie etwas gesehen, das uns weiterhelfen könnte.»

«Sicher, nach Nelson ist Elisabeth Warnewski dran, ich kann es Ihnen zeigen», sagte Ballina und ging zu seiner Tasche, die neben der Tür am Boden lag. «Bei zweiunddreißig Schülern muss ich Buch führen, sonst verliere ich den Überblick.» Er zog ein schwarzes Notizbuch hervor, blätterte durch die Seiten und hielt es dem Polizeibeamten hin, damit dieser sich vergewissern konnte. «Hier, Freitag, sehen Sie? Elisabeth Warnewski. Eigentlich hätte ich danach noch zwei Schüler, aber weil heute um achtzehn Uhr dreißig das Vorspiel war, haben sie darauf verzichtet.»

Hirschhorn notierte sich die zwei Namen, die noch auf der Seite standen: Luise Quast und Jonas Maller.

«Und danach sind Sie mit dem nächsten Bus nach Neumühl gekommen?»

«Mit dem Fahrrad», sagte Ballina.

«Fahren Sie immer mit dem Fahrrad zur Arbeit?», wollte der Beamte wissen.

«Außer im Winter, ja. Es ist ja nicht besonders weit, und der Bus fährt nur jede Stunde einmal.»

«Haben Sie auf der Fahrt von Krugen nach Neumühl irgendetwas gesehen, das Ihnen aufgefallen wäre?», fragte Hirschhorn weiter. «Ein Auto am Straßenrand? Unbekannte Personen?»

Ballina lauschte auf den Wind, der um das Haus rauschte, und überlegte eine Weile. Dann sagte er: «Nein, nichts. Mir ist gar nichts aufgefallen.»

Der Beamte nickte, als hätte er das Gespräch abgeschlossen, dann hatte er aber noch eine Frage: «Ihre Frau ist noch nicht zu Hause, sagten Sie?»

«Wir leben getrennt», antwortete Ballina. «Meine Frau wohnt in Berlin.»

«Und Sie wohnen allein hier draußen mit Ihrem Kind? Das wird auch nicht ganz einfach sein, stelle ich mir vor.»

«Nein, das ist es nicht», sagte Ballina. «Aber irgendwie muss es eben gehen. Ich mache Ihnen die Haustür auf.»

Ballina ging voraus, um zu öffnen. Er ließ den Beamten hinaus und drückte die Tür hinter ihm sorgfältig zu. Als Polizeihauptmeister Hirschhorn zum Gartentor schritt, blickte Ballina durch das Glasfenster der Tür. Er beobachtete, wie der schwere Polizist das Gartentor hinter sich zuzog und zum blausilbernen Streifenwagen ging, der unter den Bäumen stand.

Nacht

68 Das Schönste an Inge gefiel ihm am besten.

Das sagte Reiser, der ein Rheinländer war und allen rundlichen Dingen gleichermaßen fröhlich zugetan. Dieser seltsame Satz ist mir irgendwie geblieben, bis heute. Wie ein Ohrwurm. Vielleicht deshalb, weil Reiser gar nicht mehr dazukam zu erzählen, was er an Inge am besten fand, oder am schönsten, oder beides. Weil wir uns in diesem Augenblick alle verwundert umdrehten und zur Straße hochblickten.

Es muss gegen zehn Uhr gewesen sein, und wir saßen immer noch bei Inge auf der Terrasse der Fischerklause. Während des ganzen Abends zog eine dunkle Wolkendecke über uns hinweg. Nur im Westen leuchtete zwischen Hügelkamm und Wolken ein Streifen Himmel wie flüssiges Gold. Die Fischerklause war eine Bretterbude auf dem Gelände der Marina Julensee. Inge führte sie auf eigene Rechnung. Bei ihr kostete die Flasche Bier noch immer einsfuffzich. Genau so viel wie eine Bockwurst oder ein Kümmerling oder ein Kleiner Feigling. Bei Inge kostete alles einsfuffzich. Einsfuffzich war die passende Bezeichnung für die Fischerklause. Die Einheimischen sagten immer: Gehen wir noch zu Inge? Die Berliner Ausflügler, die am Sonntag eine Landpartie machten und es nicht zu schmuddelig fanden, riefen einander zu:

Schau mal, wie urig, wollen wir in die Fischerklause? Unter uns Zugezogenen hieß es jedoch: Gehen wir noch zu Einsfuffzich? Die Auswahl war klein, die Aussicht großartig. Von Inges Terrasse hatte man den weitesten Blick über den Julensee, sogar ein Stück die Havel aufwärts in Richtung Potsdam. Direkt vor der Terrasse waren drei Quadratmeter Sandstrand, an dem sich im Sommer die Hunde und Kleinkinder den Platz streitig machten. Darum herumgebaut die Marina, ein dreidimensionales Rätsellabyrinth aus Eichenpfählen, Gerüststangen, Baudielen und Gitterrosten. Mit abenteuerlichen Booten, Ruderkähnen mit zweistöckigen Aufbauten, Holzsegelbooten, in denen das Wasser stand, mit Tretbooten und übermotorisierten Daylinern. Ein Wald aus Masten, schlagenden Fallen und ausgebleichten Wimpeln, die im Wind flatterten. Mit einigem guten Willen konnte man sagen, dass es bei Inge romantisch war. Andere hielten die Ecke für den Schandfleck von Neumühl, der die meisten Ausflügler abschrecken würde.

So gegen zehn jedenfalls saßen wir an diesem Freitagabend noch bei Inge, deren Schönstes Reiser am besten gefiel. Neben uns beiden saßen noch Quast am Tisch und Warnewski, der mit seinem Münsterländer Gassi ging, wenn ich mich recht erinnere. Oschi, der als Chef der Marina sonst immer da war, fehlte an diesem Abend.

«Ob er Chancen hat, die Marina zu behalten?», fragte Warnewski.

«Das ist längst gelaufen», behauptete Reiser, der einen

guten Draht zum Bauamt hatte. «Es traut sich nur niemand, ihm das mitzuteilen.»

«Überall dieselbe Vetternwirtschaft», sagte Warnewski.

«Du sagst es.»

Wir drehten uns um, schauten zur Straße hoch und bemerkten die vier grünen Mannschaftswagen, die von Krugen her in den Ort einfuhren, an der Marina vorbeizogen und vorn am Platz neben dem Mühlenhotel stehen blieben. Wir sahen die Wagen und wunderten uns. Wir kannten die Wagen aus Kreuzberg und Friedrichshain, wenn am ersten Mai die Randale bevorstand und die Straßen mit den Mannschaftswagen der Bereitschaftspolizei voll waren. Aber hier draußen in Neumühl? Wo wir wahrscheinlich die letzten Personen waren, die noch nicht zu Hause im Bett lagen?

«Die suchen Oschis Jungen», sagte Inge und erzählte uns, dass sein Kleiner nach der Schule nicht nach Hause gekommen sei. Dass sie sich wirklich Sorgen machten, weil kein Mensch wusste, wo er geblieben war.

Als Inge die Fischerklause dichtgemacht hatte und nach Hause gegangen war, blieben wir auch nicht mehr lange. Wir tranken aus, stellten die leeren Flaschen neben der Tür ab und verließen das Gelände. Reiser war als Einziger mit dem Wagen da, weil er in Moritzer Heide wohnte. Der Wagen stand vorn auf dem Platz. Die Männer der Bereitschaftspolizei, etwa drei Dutzend, standen in Gruppen bereit, warteten auf den Einsatz, rauchten und unterhielten sich währenddessen. Der Einsatzleiter hatte eine Karte auf der Motorhaube ausgebreitet und sprach zu den Gruppenführern. Polizeihauptmeister Hirschhorn und Polizeimeisteranwärter Krüger waren ebenfalls da. Neben ihnen stand Oschi und sah schlecht aus, bleich, mit starrer Miene.

69 Einige werden mir den Vorwurf machen, dass ich in der schmutzigen Wäsche anderer Leute wühle. Dass ich deren Vertrauen missbrauche, indem ich hier einiges erzähle. Dass ich ihre persönlichen Angelegenheiten ans Licht zerre. Dass ich aus ihren misslungenen Versuchen, das Glück zu finden, meinen Profit schlage. Dass ich ein Voyeur bin. Ein Leisetreter. Dass ich durch Schlüssellöcher spähe und an geschlossenen Türen lausche. Geheimnisse verrate. Das mag alles stimmen. Aber ich mache das, weil ich ihnen damit sagen möchte, dass sie nicht allein sind. Dass es vielen so geht wie ihnen. Manchen noch viel schlimmer. Und ist es denn nicht so, dass viele Menschen froh darüber sind, wenn sich jemand für sie interessiert und ihnen zuhört?

Ballina zum Beispiel.

Als der Polizeiwagen sich nach der Befragung von seinem Haus entfernte und den Seeweg zur Hauptstraße hochfuhr, schaute er den Rückleuchten hinterher. Er hätte gern gewusst, wohin sie nun fuhren und was sie unternehmen würden. Er hätte auch gern gewusst, wo Sanna in diesem Augenblick war. Wie es ihr ging.

Sanna.

Mit ihrem hochgesteckten Haar, dem traurigen Blick.

Es musste schrecklich für sie sein, nicht zu wissen, wo ihr Kind war. Ballinas schlimmste Vorstellung war, dass sein eigener Sohn eines Tages nicht nach Hause kommen würde. Oder dass ihm etwas zugestoßen wäre.

Als die Rückleuchten hinter der Wegbiegung verschwunden waren, ging Ballina ins Haus zurück und stand eine Weile in seinem geräumigen Hausflur, den Blick zum Telefon auf dem kleinen Tisch gerichtet. Ballina wusste die Nummer von Sanna auswendig. Er überlegte, was er sagen sollte, wenn jemand anderes ans Telefon ging. Oschi zum Beispiel. Ballina könnte sich nach Nelson erkundigen. Ob der Junge wieder zu Hause sei. Ballina zögerte. Sein Blick wanderte durch den Flur, über die Schuhe, die unter der Bank lagen, Kinderschuhe und Herrenschuhe, über die Garderobe mit den Jacken und Pullis, und kehrte zurück zum Telefontischchen mit den beiden alten Sesseln.

Der große quadratische Flur hatte ihm von Anfang an gefallen. Er war das eigentliche Zentrum des Hauses. Seine Ausmaße waren wirklich ungewöhnlich, fast die eines Wohnzimmers. Wenn er an die verwinkelten zwei, drei Quadratmeter dachte, die normalerweise an einen Hausflur verwendet wurden, war das hier schon eine kleine Halle, die nach oben bis unters Dach geöffnet war, fast eine Hotellobby, mit großen, bis zum Boden reichenden Fenstern links und rechts neben dem Eingang, und mit einer weißgestrichenen Holztreppe, die ins Obergeschoss hinaufführte. Der Vater der Vorbesitzerin, die ihnen das Haus verkauft hatte, war Architekt gewesen. Er musste eine Vorliebe für amerikanische Landhäuser gehabt und sich diese Eingangshalle geleistet haben. Dem Haus war anzumerken, dass es jemand für sich selbst entworfen hatte. Jemand, der wusste, worauf es ihm ankam. Trotz der großzügigen Raumaufteilung wirkte es von außen weder besonders groß noch protzig. Der Eingangsflur war geräumig, dafür waren die Zimmer eher bescheiden, aber es gab überall Einbauschränke, die ihnen manche Möbel ersparten. Die Küche, das Esszimmer und das Wohnzimmer waren miteinander verbunden, was für die Entstehungszeit des Hauses sehr ungewöhnlich war. Die Glasfront, die sie hinten hinaus bauen ließen, vermittelte nun den Eindruck eines nahtlosen Übergangs vom Wohnbereich in den Garten.

War das nicht ein wundervolles altes Haus mit einem wundervollen Garten, an einem idyllischen märkischen See gelegen, und nur eine halbe Autostunde von Berlin entfernt?

Ballina kam es aber vor, als ob ihm damit nur vorgeführt werden sollte, dass die Idylle dieses Hauses nichts wert war, wenn man sie nicht mit jemandem teilen konnte. Seit Iris ausgezogen war, schmerzte ihn die Schönheit dieses Hauses. Es erschien ihm in solchen Momenten wie eine Kulisse, die nicht wirklich für ihn bestimmt war, sondern für ganz andere, glücklichere Menschen. Dabei hatten sie so viel Energie, Arbeit und Geld in den Ausbau dieses Haus gesteckt.

Er ging leise die Holztreppe ins obere Stockwerk hinauf. Die dritte und fünfte Stufe ließ er aus, weil sie laut knarrten. Jakob schlief im mittleren der drei Zimmer. Ballina drückte die angelehnte Tür etwas weiter auf und lauschte. Der Wind, der draußen ums Haus blies, war lauter als der schlafende Junge. Ballina ging hinein und sah nach Jakob, der auf dem Rücken lag und durch den halb geöffneten Mund atmete. Das Licht vom Treppenflur warf einen matten Schein auf das schlafende Kind. Es wirkte wie ohnmächtig. Seine Gesichtszüge schienen ausgeprägter und klarer zu sein als sonst. Im Tiefschlaf konnte man Jakob hin und her drehen, einen Arm oder ein Bein hochheben und fallen lassen, ihn sogar in ein anderes Zimmer tragen oder den nassgeschwitzten Pyjama aus- und einen neuen anziehen, ohne ihn damit aufzuwecken. Ballina zog die Bettdecke unter Jakob hervor und deckte ihn damit zu. Dann ging er leise wieder aus dem Zimmer und nach unten.

In der Eingangshalle setzte er sich in einen der alten Sessel beim Telefontischchen und überlegte. Ballina hatte ein schlechtes Gewissen, dass sein Sohn da oben im Zimmer friedlich schlief, während Sannas Kind vielleicht noch irgendwo draußen war.

Das Schwierigste am Leben als Alleinerziehender war, niemanden zu haben, mit dem man sich austauschen konnte. Niemanden, der einen von den groben Dummheiten bewahrte, zu denen man sich allzu leicht hinreißen ließ. Ballina stand wieder auf und wanderte in die Küche und durch das Esszimmer ins Wohnzimmer.

Normalerweise flüchtete er in ähnlichen Situationen

an den Flügel, um seine Probleme zu vergessen. An diesem Abend schien es ihm keine Lösung zu sein.

Er ging in den Flur zurück und setzte sich wieder neben das Telefon. Sanna anrufen, dachte er, aber er fand den Mut nicht. Er nahm das Adressenverzeichnis in die Hand, ein Ringbuch mit alphabetischem Register, und wartete. Ballina war unglücklich über sein zögerliches Verhalten. Er wusste nicht, was er tun und was er lassen sollte. Aber er hatte das dringende Bedürfnis, mit jemandem zu reden. Er brauchte einen Rat.

Dann schlug er das Adressenverzeichnis auf, suchte kurz, fand meine Telefonnummer und wählte sie.

70 Ich kam gerade vom Dorfplatz, wo wir die Mannschaftswagen der Bereitschaftspolizei bestaunt hatten und war noch gar nicht im Haus, als ich drinnen mein Telefon klingeln hörte. Eine unübliche Zeit für Anrufe, dachte ich und beeilte mich. Bevor der Beantworter anspringen konnte, war ich im Haus, nahm den Hörer ab und meldete mich wie üblich mit einem «Ja. Hallo?»

«Gabriel Ballina hier.»

«Hallo, Gabriel, wie geht's», sagte ich und war auf einiges gefasst.

«Falls es zu spät ist, sag es ruhig», begann er, aber damit hatte ich keine Probleme. «Ich bin gerade erst nach Hause gekommen», antwortete ich.

«Hast du Lust auf ein Glas Wein?», fragte er mich.

Ich überlegte, was es bedeuten konnte, dass er spätabends noch mit mir sprechen wollte. Es gab verschiedene Möglichkeiten. Eine davon bereitete mir Sorgen. Ich fragte mich, ob Iris ihm nun doch noch alles erzählt hatte. Obwohl es schon einige Zeit zurücklag.

«Wir könnten mal über unser Projekt reden», sagte er.

Wenige Minuten später trat ich durch sein Gartentor. Ballina stand in der offenen Haustür und erwartete mich bereits.

Ich war schon einige Male bei ihnen ein und aus gegangen und kannte deshalb das Haus. Ich glaube, jeder war ein bisschen neidisch auf ihr Glück, als sie dieses Haus erstanden. Wenn auch viele Leute im Ort ein nettes Zuhause hatten, mit einem schönen Häuschen, einem Garten, einige sogar direkt am See, musste doch jeder zugeben, dass Ballinas Haus einzigartig war.

«Es geht mir eigentlich nicht so sehr um das Projekt», sagte er, als wir durch seinen weiträumigen Hausflur gingen. Ich hatte auch nicht wirklich erwartet, dass wir uns über das Projekt unterhielten. Die Idee dazu war ungefähr so alt wie unsere Bekanntschaft. Ein paar Jahre also. Ballina machte einen bedrückten Eindruck auf mich, und ich sollte bald erfahren, was los war.

«Möchtest du einen Schluck Rotwein?», fragte er mich.

«Hast du auch Bier im Haus?»

«Bei mir läuft so einiges drunter und drüber», sagte er, während er zum Kühlschrank ging, um mir eine Flasche zu holen.

Das Gespräch begann anders, als ich es befürchtet

hatte. Es schien nicht um mich zu gehen. Ich sollte offensichtlich nur Zuhörer sein. Worauf es hinauslaufen würde, konnte ich mir aber noch nicht vorstellen. Wir gingen ins Wohnzimmer und setzten uns.

Ballina goss sich selber ein Glas Rotwein ein, schaute lange auf die rubinrote Flüssigkeit, dann hob er den Blick und betrachtete den großen Bechstein-Flügel, als hätte er ihn vorher noch nie gesehen. Der Deckel war geschlossen, auf ihm stapelten sich die blassgrünen Notenhefte der Edition Peters. Ballina hatte den Flügel von seiner Professorin geerbt. Bedingung war, dass er sein Konzertdiplom machte. Auf diesen Flügel war ich etwas neidisch, das gebe ich zu. Ich selbst habe einen etwas kürzeren Grotrian-Steinweg. Ein solides Instrument, das es aber nicht mit seinem großen Flügel aufnehmen kann. Vielleicht lag es auch an Ballinas Wohnzimmer. Das Verhältnis von Raum und Instrument war geradezu ideal. Ich hatte Iris hier einmal Liszts Liebestraum vorgespielt und kenne das Potential des Flügels.

Ansonsten sah es bei mir zu Hause auch nicht viel anders aus: Notenstapel, Metronom, Bleistifte. Einen kleinen Unterschied gab es noch. An seiner Wand hing ein altes Konzertplakat von Alfred Brendel. Bei mir zu Hause ein Foto von Hélène Grimaud.

Ich hatte Zeit, Ballina von der Seite zu betrachten und mich auf das einzustellen, was da kommen würde. Es ist sinnlos, dem Gespräch auszuweichen, dachte ich, irgendwann wird er mich sowieso zur Rede stellen. Das kann genauso gut heute Abend geschehen. Seine lockigen schwarzen Haare fielen ihm über die Stirn und verliehen ihm den Ausdruck von gepflegter Zerstreutheit. Er sah eigentlich ganz gut aus. Wie ich ihn so dasitzen sah, den Klavierlehrer in seinem Haus am See, verstand ich wieder mal nicht, wie Iris das alles aufs Spiel setzen und verlieren konnte.

«Ich hatte heute einen etwas verwirrenden Tag», meinte Ballina und wandte mir seinen Blick zu.

«Inwiefern?», fragte ich vorsichtig.

«Na, das Vorspiel in der Fischerkirche», sagte er, und nach einer Pause: «Nelson, der nicht gekommen ist.»

«Die haben jetzt begonnen, nach ihm zu suchen», sagte ich.

Draußen schwankten die Büsche im Wind. Das Licht des Wohnzimmers fiel durch die bis zum Boden reichenden Fenster auf den Rasen. Dahinter das nachtschwarze Wasser des Sees. Ich erinnerte mich daran, wie ich hier eines Nachts an Land gegangen war.

Es war schon einige Jahre her, als ich auf dem Höhepunkt der Riverboat-Party vom Tanzschiff geworfen wurde und mich ans Ufer retten musste. Ich erinnere mich nicht gern daran. Im Dunkeln mitten auf dem Julensee, bei den Temperaturen einer verregneten Oktobernacht. Im ersten Augenblick hatte ich Panik, in die Nähe der Schiffsschraube zu geraten, und wollte nur vom Rumpf des Dampfers weg. Dann schwamm ich auf die Lichter von Neumühl zu und ging an der ersten begehbaren Lücke im Schilfgürtel an Land. Damals wusste ich nicht, wem das Grundstück gehörte. Und schon gar nicht, dass der neue Besitzer, der mich dabei beobachtete, wie ich nachts aus dem Wasser stieg, schon bald ein Berufskollege von mir sein sollte.

Als Ballina und ich uns kennenlernten, sprach er mich auch nicht gleich bei der ersten Begegnung darauf an. Obwohl er mich wiedererkannt haben musste. Erst einige Zeit später fragte er mich einmal beiläufig, ob ich oft nachts in Kleidern und Schuhen im Julensee baden ginge.

Meine knappe Erklärung stellte ihn nicht zufrieden. Natürlich nicht. Nachts vom Dampfer gefallen. Ich wollte ihm die Hintergründe aber nicht in allen Einzelheiten schildern, und er fragte auch nicht weiter nach.

Iris aber gab dann später keine Ruhe, bis ich ihr die ganze Geschichte erzählt hatte.

Aber heute Abend ging es um etwas anderes. Nelson Petri war verschwunden. Und Ballina drückte etwas auf der Seele. Er hatte mich auf ein Glas Wein eingeladen, weil er mir etwas erzählen wollte.

«Ich war vorhin drüben auf dem Platz», sagte ich, um die Stille zu überbrücken. «Da stehen ein paar Wagen mit Polizei. Die suchen jetzt ernsthaft nach ihm.»

«Ich habe ihn gesehen», sagte Ballina, nahm einen Schluck Wein und betrachtete seinen Flügel.

«Wen?»

«Nelson.»

«Wie meinst du das?», fragte ich, weil seine Bemerkung etwas kryptisch klang.

«Nach seinem Verschwinden habe ich ihn nochmals

gesehen», erklärte Ballina, «später am Nachmittag, besser gesagt, Nelson hat *uns* gesehen, was schwerer wiegt.»

Das war für mich noch weniger verständlich.

«Wen hat er gesehen?», fragte ich nach.

«Sanna und mich.»

«Sanna und dich?»

«Ja.»

Ich hatte eine Vermutung, aber ich wollte nichts Falsches fragen. «Was genau hat er denn gesehen?», wollte ich von ihm wissen.

«Wir haben uns am See getroffen», sagte Ballina, «zwischen Krugen und Neumühl, wir haben uns verabredet, da ist es dann passiert, und Nelson hat uns dabei überrascht.»

Es war nicht kompliziert, was Ballina mir da erzählte, ausgerechnet mir, aber ich brauchte einen Augenblick, bis ich begriff, wovon er sprach.

«Du und Sanna?», fragte ich dann.

Er nickte und ließ den Kopf hängen.

«Wie lange geht das denn schon?», fragte ich ihn.

«Nun, das ist nicht so einfach zu erklären», wich Ballina aus. «Plötzlich taucht Nelson zwischen den Bäumen auf, ich weiß nicht, wie lange er dagestanden und uns dabei zugesehen hat, mein Gott, er steht hinter Sanna und schaut wirklich genau und – und dann war er weg.»

«Wie jetzt? Was habt ihr ihm gesagt?»

«Sanna hat ihn nicht mal bemerkt. Er war wie vom Erdboden verschluckt, weg. Ich hätte es ihr gleich sagen sollen, aber dann hätte sie aufgehört –»

Womit aufgehört, dachte ich.

«– und er war plötzlich weg, und ich dachte, jetzt ist es sowieso schon passiert, daran können wir nichts ändern. Erst hinterher, ein paar Minuten später, machte ich mir meine Gedanken. Ich kam mir vor wie ein Betrüger. Als hätte ich mir etwas erschlichen. Ich konnte es ihr nicht mehr sagen. Was hätte ich ihr sagen sollen?»

Er machte eine längere Pause und fuhr dann fort: «Ich weiß, das war nicht korrekt, es ist unerfreulich, aber ich hoffte, dass der Junge sich einfach nicht getraut, es jemandem zu erzählen. Ich konnte nicht wissen, dass er sich so lange verstecken würde.»

Nach einer Weile, als ich nichts dazu sagte, fügte er hinzu: «Ich habe es verdrängt. Als wir mit den Fahrrädern zurück nach Neumühl fuhren, beschloss ich, den Jungen nicht gesehen zu haben. Auch wenn er hinterher etwas erzählen würde. Ich beschloss, ihn nicht gesehen zu haben. Du hast ihn nicht gesehen, sagte ich mir. Aber als ich dann abends hörte, dass er nicht nach Hause kam und nicht zum Vorspiel, dass er einfach verschwunden war, wurde das problematisch. Und jetzt geht es nicht mehr.»

«Das ist wirklich», sagte ich nach genauer Abwägung meiner Worte, «eine etwas dumme Geschichte.»

71 «Es ist alles meine Schuld», sagte Sanna.

Ihre Stimme klang angestrengt. Als könnte sie nicht richtig schlucken.

«Wieso denn», sagte Oschi, «wieso sollte es deine Schuld sein, wenn der Junge nicht nach Hause kommt.»

Sie standen in der Küche und wussten nicht, was sie noch tun sollten. Sie hatten jeden angerufen, der ihnen eingefallen war. Jeden Einzelnen hatten sie angerufen und gefragt, ob Nelson irgendwo gesehen worden war. Niemand hatte ihn gesehen. Er war wie vom Erdboden verschluckt. Sie hatten die Polizei informiert. Die setzten alles Mögliche in Bewegung. Was konnten sie sonst noch tun außer warten?

Es ist nicht nur Nelson, hätte Oschi gern gesagt. Was war denn mit Tom los? Der schien völlig durchzudrehen. Wo war er überhaupt. Das war doch alles chaotisch. Nur die Mädchen, die waren in ihren Zimmern. Lieschen schlief, und Lara war von ihrer Mutter ins Bett geschickt worden, obwohl sie bei der Aufregung gar nicht schlafen konnte.

«Ich bin schuld», sagte Sanna wieder.

«Jetzt hör endlich auf, dir Vorwürfe zu machen», sagte Oschi. Er wäre jetzt am liebsten hinuntergegangen und hätte sich aus dem Bierkasten unter der Kellerstiege eine Flasche geholt. Er tat es nicht. Obwohl er sich schwach und ausgelaugt fühlte. Das war definitiv zu viel heute. Draußen war es nun dunkel geworden. Irgendwo musste Nelson sein. Oschi wollte wieder hinaus. Losgehen und suchen war in jedem Fall besser als hier rumzuhocken und zu warten.

«Ich war nicht hier», sagte Sanna. «Ich war am Nachmittag weg. Als Nelson nach Hause kam, war ich nicht hier.»

«Was hat denn das damit zu tun?», fragte Oschi. «Woher willst du denn wissen, dass er nach Hause gekommen ist?»

«Das weiß ich eben nicht», sagte Sanna. «Ich war nicht hier. Sonst hätte ich es ja gleich bemerkt, wenn er um drei nicht gekommen wäre.»

«Und wo warst du?», fragte er.

«Ich habe mich mit Gabriel getroffen», sagte Sanna. Eine Weile starrten sie einander schweigend an.

«Wozu?», fragte er dann.

«Einfach so», sagte sie, «um zu reden.»

«Reden? Worüber?», wollte er wissen.

«Über alles Mögliche, Kinder, Musik, die Schule», sagte Sanna.

«Ja – wie jetzt», fragte er aufgebracht, «was willst du damit sagen?»

Sanna blickte lange auf das Fenster, hinter dem die Dunkelheit wartete. Mit jeder Sekunde, in der sie ihm die Antwort schuldig blieb, wurde das Angedeutete größer, mächtiger und bedrohlicher. Sanna schwieg auf eine Art, als würde sie genau die Zeit bemessen wollen, welche der Bedeutung der Situation entsprach. Ihr Schweigen dauerte lange. Er wartete und dachte: Das kann nicht sein. Das nicht auch noch.

Dann fragte er: «Willst du mir etwas sagen?»

Sanna schwieg weiter.

«Scheiße, kannst du nicht mehr sprechen oder was!» Oschi wurde laut. Er war wütend.

«Es ist nicht wichtig. Aber Nelson ist weg. Wenn ihm etwas zugestoßen ist –», sagte sie und sprach den Satz nicht zu Ende. Sie stieß sich von der Küchenzeile ab und ging rasch an ihm vorbei nach oben.

72 Lieschen schlief auf der einen Seite des Zimmers. Das Bett auf der anderen Seite war leer. Zwischen den Betten war eine Fenstergaube. Die Vorhänge waren nicht zugezogen. Das Licht der Laterne auf dem Weidenweg beleuchtete nachts das Zimmer.

Lieschens Gesicht machte einen gelösten Eindruck. Sie schlief ruhig und vollkommen geräuschlos. Die Haare lagen zerstrubbelt auf dem Kopfkissen.

Sanna saß auf dem leeren Bett von Nelson und betrachtete ihre schlafende Tochter. Dass Lieschen friedlich in ihrem Bett lag und schlief, war kein Trost für Sanna. Sie dachte an Nelson und hatte Angst. Die Angst verursachte eine quälende Übelkeit in ihr.

Sanna war verwirrt, weil sie nicht richtig einordnen konnte, worin ihre Schuld bestand. Aber ja doch: Wenn sie hier gewesen wäre, hätte sie früher bemerkt, dass Nelson nicht nach Hause kam. Vielleicht hätte das nichts genützt, vielleicht aber doch.

Sie wollte sich nicht vorstellen, wo Nelson sein könnte. Mit wem er mitgegangen sein könnte. Sie kämpfte gegen die Vorstellungen an, die sich ihr aufdrängten. Es war wie ein gewaltiger Schrei, der in ihr anwuchs und den sie mit aller Kraft noch zurückhielt.

Kein Kind verdient, dass man ihm etwas antut. Nelson musste von Anfang an zu viel ertragen. Vier Wochen vor dem Geburtstermin wurde Sanna damals ins Krankenhaus gebracht. Die Fruchtblase war gerissen. Drei Tage lang wurde mit Wehenmitteln versucht, eine natürliche Geburt einzuleiten. Sanna wollte ihr Kind unbedingt auf natürlichem Weg zur Welt bringen. Sie hatte es sich so gewünscht. Nach zwei Kaiserschnitten wollte sie endlich ein Kind normal gebären. Nach drei Tagen vergeblichen Anstrengungen verschlechterte sich der Zustand des Kindes plötzlich, und der Arzt konnte nicht mehr weiter zuwarten. Zum dritten Mal musste ein Kind aus ihr herausgeschnitten werden. Aber was schlimmer war: Dem Kind ging es nicht gut. Sie hatten schon zu lange gewartet. Es hatte Gelbsucht und wurde, da das Krankenhaus keine Kinderklinik hatte, mit dem Notfallwagen in ein anderes Krankenhaus gebracht. Als Sanna aus der Narkose aufwachte, war ihr Kind weg.

Von der ersten Lebensstunde an lag Nelson unter einer Plexiglashaube. An seinem Kopf war eine Infusion angebracht. Oschi, der mit der fünfjährigen Lara und dem sechsjährigen Tom allein zu Hause war, besuchte ihn einmal am Tag. Der Anblick des Neugeborenen machte ihn fertig. Oschi durfte, nachdem er seine Hände gründlich desinfiziert hatte, einen Finger unter die Plexiglashaube halten, damit Nelson sich täglich eine halbe Stunde daran festhalten konnte. Der Säugling machte einen wütenden und enttäuschten Eindruck. Wer wollte es ihm verübeln? Oschi musste unheimlich darum kämpfen, dass Sanna nach fünf Tagen das Krankenhaus wechseln durfte und bei Nelson im Zimmer untergebracht werden konnte. Eigentlich war kein Platz mehr da, aber Oschi wurde laut und unangenehm und ließ sich nicht mehr auf später vertrösten.

Nelsons Charakter war von Anfang an von einem grundsätzlichen Misstrauen geprägt, von einer großen Skepsis dem Leben gegenüber. Sanna führte es auf die Geburt und seine ersten schrecklichen Tage zurück, an denen sie sich schuldig fühlte.

Und jetzt wusste sie nicht, wo er war.

73 Das Leben des Müllers nahm ein böses Ende.

Bevor der Verwalter ihn nach dem Totschlag an seiner Frau in Gewahrsam nehmen konnte, zog ein heftiger Gewittersturm von Westen her übers Land. Der Himmel verfinsterte sich und spiegelte sich schwarz im See. Schwere Windböen fegten hinweg, was nicht niet- und nagelfest war, und knickten Bäume um. Als der Sturm seinen Höhepunkt erreichte, warf ein Windstoß von nie gekannter Stärke das Bockgestell der Mühle mit dem Hausbaum und dem ganzen Mühlenkasten um. Es gab ein wütendes Krachen und Splittern, und als die Knechte nach Abflauen des Sturms im Trümmerhaufen nach dem Müller suchten, fanden sie ihn in einer grauenvollen Lage vor. Ein zersplitterter Lärchenbalken hatte ihn von hinten durchbohrt und seine inneren Organe zerfetzt und ragte nun aus seinem Bauch. Der Müller lebte noch, aber es war nicht möglich, ihn aus der qualvollen Lage zu befreien. Er verlangte nach Branntwein, aber das Einzige, was er bekam, waren salbungsvolle Worte des Pfarrers.

Die ganze Nacht hindurch litt er Höllenqualen, bis er im Morgengrauen endlich sterben durfte.

Das war es also, sagten die Leute.

Jules Rache.

74 Vor wenigen Wochen, im Mai, fand das letzte Mühlenfest statt. Die Vorbereitungen dafür begannen schon im Januar.

Dieses Jahr war es endlich wieder mal ein richtig kalter Januar. So wie man ihn sich wünscht. Der See fror zu, eine Woche nach Silvester war die Eisschicht zwölf Zentimeter dick. Jeden Nachmittag trafen sich die Neumühler mit den Schlittschuhen auf dem Julensee. Eigentlich hat unser Ort nur bei zugefrorenem See ein wirkliches Zentrum. Der langgezogene Halbmond von Häusern, die sich um die Bucht schmiegten, hatte endlich einen begehbaren Mittelpunkt. Wenn es richtig kalt wurde, dauerhaft zehn Grad minus oder kälter, war der Winter fast schöner als der Sommer. Wenn es laut über den See hin knackte und der Wind den Schneestaub wegfegte und das blanke schwarze Eis unter einem hinwegglitt, war das ein anderes Leben als sonst. Die Sonnenuntergänge mit dem sich verfärbenden Himmel und den funkelnden Sternen, die in der Dämmerung zu leuchten begannen, konnten einen glauben lassen, auf einem andern Planeten zu sein.

Der Vorstand des Mühlenvereins tagte im Winter jeweils im Mühlenhotel. Die Bockwindmühle ließ sich nicht genügend heizen. Im Januar wurde ich zum ersten Mal eingeladen, um meine Komposition für das Mühlenfest vorzustellen. Der Vorstand setzte sich zusammen aus Hanno Klunk, dem Bürgermeister und Vereinsvorsitzenden, Warnewski, seinem Stellvertreter und technischen Leiter, und Sanna Petri als Schatzmeisterin. Alfred Maller und Henriette Bohm waren Vorstandsmitglieder ohne bestimmte Funktionen.

Ich erzählte ihnen von meiner Idee, zum zwanzigjährigen Jubiläum ein Requiem aufzuführen. Ein Requiem für Jule. Ich würde das Libretto und die Musik dafür schreiben und es einstudieren. Das Orchester sollte mit fortgeschrittenen Musikschülern der Umgebung besetzt werden. Zusätzlich konnte ich ein paar Profis als Solisten einladen.

Alle waren begeistert. Als der Vorstand aber zwei Monate später die erste Fassung in den Händen hielt, war die Skepsis groß.

Viel zu makaber, zu gewalttätig, hieß es.

«Das finde ich nicht gut», sagte Klunk, «ein solch düsteres Licht auf unsere Mühle zu werfen.» Außerdem wäre Jules Geschichte ja nur eine Legende und historisch gar nicht belegt. Ihm schwebte etwas Volkstümliches, Nettes und Versöhnliches vor. Ein Stück, das fröhlich für die

Reize unserer Gegend wirbt, für die Landschaft, das Wasser. Auf dass mehr Touristen den Weg aus Berlin zu uns hinaus finden würden.

Hanno Klunk, Warnewski und Henriette Bohm wünschten sich ein neues Konzept. Dagegen wehrte ich mich. Ein Mann, der seine Frau aus Eifersucht so grausam behandelt wie der berüchtigte Müller, verdient keine versöhnliche Darstellung. Zum Schein ging ich jedoch darauf ein und versprach, den Texten die Schärfe zu nehmen und die Partitur ein wenig harmonischer und melodischer zu gestalten. Da ich für die Komposition und die Einstudierung selbst verantwortlich war, konnte mir jedoch niemand dreinreden. Das musikalische Requiem ganz vom Programm zu streichen, hätte unser Vorsitzender sowieso nicht gewagt.

Als Kontrastprogramm zu meinem düsteren Beitrag wollte Hanno Klunk aber einen heiteren Wettbewerb durchführen: Bei einer öffentlichen Küsserei sollte als Höhepunkt des Mühlenfestes «das verliebte Müllerpaar» gekürt werden. Obwohl Maller und Henriette Bohm dagegen waren, wurde per Abstimmung auch an dieser Idee festgehalten. Interessant war, wie deutlich sich in den beiden Fraktionen Ost und West mit ihren unvereinbaren Vorstellungen gegenüberstanden. Ich wollte, ich könnte den Verlauf des Mühlenfests mit einiger Häme als meinen Triumph genießen. Es tut mir aber leid, was für einen peinlichen und unglücklichen Ausgang dieser Wettbewerb nun genommen hat.

Es ist ja erst ein paar Wochen her.

Die Feuerwehr hatte zwei große Zelte neben die Mühle gestellt, eins für die Bühne, das andere für die Tische und Bänke. Es war ein wunderbarer milder Maiabend. Der Zulauf aus dem Ort und den umliegenden Gemeinden war groß. Die musikalische Darbietung war ein voller Erfolg. Die aus Potsdam angereiste Presse war begeistert vom Requiem, nicht zuletzt deshalb, weil es so schauerlich sei, wie einer kommentierte.

Am späteren Abend fand dann der Wettbewerb statt. Eine verkrampfte Casting-Show, die ziemlich aus dem Ruder lief. Weil es den meisten peinlich war, sich auf der schmalen Holzstiege der Mühle vor dem alkoholisierten Publikum zu küssen, überboten sich die Teilnehmer mit zotigen Einfällen.

Ich kann mich nicht mehr genau erinnern, was dem Augenblick vorangegangen war. Oschi war jedenfalls betrunken, was aber nicht besonders auffiel, wenn man ihn nicht ansprach. Leichtes Schwanken, Augen glasig. Er war den ganzen Abend auffallend mürrisch. Tom hatte kurzfristig den Auftritt seiner Band platzen lassen und seinem Vater mitgeteilt, dass er ganz aufhören werde. Wenn er nicht mit Ralf und Mia nach Kuba durfte, wollte Tom auch nicht mehr mit ihnen Musik machen. Darüber kam Oschi an diesem Abend nicht hinweg.

Sanna hatte ihn dann wohl gefragt, ob er sich mit ihr am Wettbewerb beteiligen wolle. Oschi sagte schroff, sie könne sich ja mit Ballina auf die Stiege stellen.

Einige der Umstehenden hatten den Wortwechsel gehört. Ich betrachtete Sanna von der Seite. Sie antwortete nicht auf die Beleidigung. Sie blickte geradeaus und schwieg. Dann drehte sie ihren Kopf, blickte Ballina an, der neben ihr stand, ergriff seine Hand und führte ihn zur Mühle. Das Publikum johlte und applaudierte, weil es so ausgesehen hatte, als würde niemand mehr nach vorn gehen wollen. Sanna ging die Stiege hoch, zog Ballina hinter sich her, drehte sich dann um, legte ihren Arm um seinen Nacken und küsste ihn.

Die Leute verstummten.

Sanna und Ballina küssten sich. Als wären sie allein auf der Welt. Es war kein Scherz. Es war die enge Umarmung zweier Liebender, die nicht zusammengehörten.

Das war Jules Geschichte, die sich in diesem Augenblick wiederholte.

75 Sanna wartete in der Küche und starrte das Telefon an. Als es schrillte, fuhr sie vor Schreck zusammen. Dann riss sie hastig den Hörer an sich: «Ja?»

Es war Mia, die nach Tom fragte.

Sanna wusste nicht, wo er war. Sie sagte der Freundin ihres Sohnes, dass sie Nelson suchen würden, seinen kleinen Bruder. Ob sie vielleicht etwas gehört habe. Nein, Mia hatte nichts gehört. Mia wollte Tom etwas ausrichten lassen. Sie hatte es schon auf seinem Handy versucht, aber Tom war den ganzen Tag nicht rangegangen.

Sanna versprach, es ihm auszurichten, falls er nach Hause kommen sollte. Was es denn sei.

«Ich fahre im Sommer nicht nach Kuba», sagte Mia.

«Ja», sagte Sanna, «ich werde es ihm sagen.»

Sie legte auf und begann erst dann darüber nachzudenken, was das für Tom bedeuten würde. Bevor sie einen klaren Gedanken fassen konnte, schrillte das Telefon ein zweites Mal. Sanna hob sofort den Hörer ab.

Zuerst war es einen Augenblick still.

«Mia?», fragte sie.

«Ich bin es», sagte Ballina. «Gabriel.»

«Du?» Der Nachmittag zog im Schnelllauf an Sanna vorbei, ihre Begegnung am See, die gemeinsame Rückfahrt mit dem Fahrrad, Lieschen in der Kita, daheim das leere Haus. «Hast du was von Nelson gehört?», fragte sie.

«Nein –», sagte er.

Sanna wusste, dass die Polizei am Abend bei ihm gewesen war und er keinen Hinweis hatte geben können.

«– gehört habe ich nichts», fuhr Ballina stockend fort, «aber ich muss dir etwas sagen.»

Sie vermutete, dass er über sie beide sprechen wollte und fand es unpassend. Im Augenblick war es zweitrangig, was mit ihnen beiden los war.

«Ich habe ihn gesehen», sagte Ballina.

Sanna verstand nicht, was er sagen wollte.

«Nelson?»

«Ja.»

«Wo ist er?»

«Am Nachmittag», sagte Ballina, «ich habe ihn am Nachmittag gesehen, als wir uns am See getroffen haben.»

Sanna war verwirrt. «Wo hast du ihn gesehen?»

«Er war dort», sagte Ballina, «er hat uns beide gesehen, dann ist er verschwunden.»

«Er hat uns gesehen?», fragte sie ungläubig. «Wieso hast du es mir nicht gleich gesagt? Du hättest es mir doch sagen müssen.»

Es bereitete ihr Mühe zu verstehen, was Ballina ihr erzählte. Dann dachte sie an Nelsons Tasche, die Oschi in der Nähe gefunden hatte.

«Ich weiß», sagte Ballina, «ich habe nur kurz gesehen, wie er zwischen den Bäumen stand und uns beobachtete, dann war er wieder weg.»

«Du hättest es mir sagen müssen», sagte sie, «du hättest es mir sagen müssen.»

«Ich weiß», sagte er.

«Wie kannst du so was tun? Er ist doch mein Kind?»

«Ich weiß», sagte er.

Hätte ich Ballina nicht ins Gewissen geredet, hätte er Sanna wohl nicht gestanden, dass er Nelson am Nachmittag gesehen hatte. Am Ende nützte Ballinas Geständnis allerdings niemandem. Nelsons Tasche hatte sein Vater zufällig gefunden. Der Fährtenhund hatte dort seine Spur aufgenommen. Nun spielte es überhaupt keine Rolle mehr. Außer zwischen ihnen beiden.

76 Der Julensee war ein unscharfes aufgewühltes Dunkel, Wasser und Wolken, ein Rauschen überall, zwischen Wasser und Himmel ein stabiles schwarzes Uferband, von Lichtpunkten gesprenkelt, die Häuser von

Krugen und Neumühl, verbunden mit einer Kette von Lichtpunkten entlang der Straße, es war nicht viel Konkretes zu erkennen. Nur da, wo unsere Akkulampen hintrafen, vor unsere Füße und unter die Büsche und Bäume, war bewegtes Laub zu sehen. Am Uferweg wölbten sich gelbe Lichthauben über den Laternen, dazwischen eine kurze dunkle Strecke, dann wieder etwas Licht.

Wir gingen hügelan an der Kirche vorbei, dann auf dem Höhenweg in Richtung Krugen. Es war eine denkbar schlechte Nacht für die Suche nach einem Kind. Der Wind zu laut, der Mond hinter schwarzen Wolkenmassen verborgen, die sich ineinanderschoben, und wenn er plötzlich durch eine Lücke schien, schimmerte alles in einem unwirklichen farblosen Licht, als würde die Welt um uns herum von einem alten Filmprojektor an eine Backsteinmauer geworfen.

Ich hatte Ballina vorgeschlagen, dass er sich unserem kleinen Suchtrupp anschließen sollte. Vielleicht würde das seine Gewissensbisse lindern. Seine Nachbarin Jennifer Basch saß währenddessen in Ballinas Wohnzimmer. Damit jemand dort war, falls Ballinas Sohn aufwachen sollte.

Warnewski hatte seinen Münsterländer dabei. Wir schämten uns selbst etwas über den Eifer, der uns ergriffen hatte. Es schien irgendwie im Widerspruch zum Anlass zu stehen. Dennoch konnten wir uns nicht davon befreien.

Als wir an den Häusern von Moritzer Heide vorbeikamen, sahen wir weiter unten schmale Lichtkegel, die vom Wasser her über das Ufer glitten.

«Die Wasserschutzpolizei», sagte Reiser, und Warnewski fügte hinzu: «Zwei Boote.»

In dieser Nacht herrschte ein großes Durcheinander in unserem Ort. Überall bewegten sich Lichtstrahlen, vom Wasser her, am Seeweg entlang und auf der Straße zwischen Neumühl und Krugen. Die Polizei suchte die Rastplätze und Tankstellen an der Autobahn ab. Sie nahmen die Sache wirklich ernst. Diese Entschlossenheit hätte ich nicht erwartet. Ich hätte gedacht, dass erst einmal eine Nacht abgewartet würde, ob sich die Angelegenheit nicht von alleine lösen würde. Trotz des unruhigen Windes war es ja eine warme Juninacht. Aber das Gegenteil schien der Fall. Die Wasserschutzpolizei, Bereitschaftspolizei, Hundeführer, die freiwillige Feuerwehr von Neumühl und Krugen und alle, die irgendwie davon gehört hatten, waren um Mitternacht unterwegs, um nach einem Kind zu suchen. Es war eine aufgewühlte Stimmung.

Jeder versuchte sich vorzustellen, was Nelson Petri wohl passiert war. Wenn die Strahlen unserer Lampen sich auf dem Sandweg vorantasteten und immer wieder seitlich unter die Büsche stachen, stellten wir uns vor, wie es wäre, mitten in der Nacht das eigene Kind suchen zu müssen. Der Gedanke, unter einem Strauch oder im Gras plötzlich einen Arm oder ein Bein zu entdecken, schnürte uns die Kehlen zu.

«Die haben keinen gewöhnlichen Spürhund geholt»,

erzählte Warnewski, als wir auf dem Höhenweg weitergingen. «Ein Mantrailer! Phänomenal, wat so 'n Hund kann», sagte Warnewski. «Allerdings ist heute etwas viel Wind.»

77 «Überall Bullen, das glaubste nich!»

Erwin drückte eilig die Tür hinter sich zu.

Die anderen schauten Kickboxen auf Eurosport. Winnie stand auf und guckte durch die Gardinen nach draußen.

«Wo sind sie denn?», wollte Winnie wissen.

«Überall», sagte Erwin, «die kämmen den Wald durch, sogar auf dem Wasser, und mit Hunden.»

Den Wald auf dem Wasser mit Hunden, dachte Tom.

«Die Ware muss weg. Das wird mir eindeutig zu heiß.» Winnie betrachtete die Geräte neben der Tür. «Wir tragen sie zu euch rüber, Tom. Bei euch suchen sie sicher nicht», sagte er. «Oben durch den Wald rum in euren Garten. Ihr habt doch auch einen Schuppen.»

«Das ist nun wirklich die dümmste Idee», sagte Tom. «Um diese Zeit können wir doch nicht eine Ladung Computer auf unserem Grundstück verstecken.» Er verschwieg, dass er es vor allem vermeiden wollte, seinem Vater zu begegnen.

«Wir können sie auch in den Volvo laden, Decke drüber, und dann fahren wir sie bei euch auf 'n Hof», versuchte es Winnie.

«Vergiss es, Winnie, das ist viel zu auffällig. Wir fahren

die Sachen besser zu Kutte.» Kutte wohnte mit Erwin zusammen bei dessen Oma.

«In unserer Bude kannste nich mal ein geklautes Handy verstecken», sagte Kutte.

Offensichtlich hatte niemand Lust, die Ware bei sich zu haben.

«Hat jemand 'ne andere Idee?», fragte Winnie. «Wenn die mit Hunden unterwegs sind, kommen die irgendwann bestimmt hier rein.»

78 Vom Höhenweg konnten wir auf unserer Nachtwanderung den Julensee überblicken, Ballina, Warnewski, Reiser und ich. Warnewski ließ seinen Münsterländer an der langen Leine laufen und dozierte schwärmerisch über den Fährtenhund, den die Polizei auf der Suche nach Nelson einsetzte.

«Ein Bluthund», erzählte er, «von einem belgischen Züchter. Unvorstellbar, was der Hund noch riechen kann. Ein einzelnes Molekül, das in einem Stadtviertel an einer Mauer klebt, findet der. Natürlich nur, wenn er richtig ausgebildet ist. Ich habe ihn bei einem Kurs selbst erlebt. Phänomenal, einfach phänomenal. Sie haben Nelsons Pyjama genommen und beim Fundort der Tasche begonnen. Aber bei dem Wind heute wird er es schwer haben.»

Wir gingen nebeneinander und leuchteten auf den Weg vor uns, damit wir nicht stolperten.

«Wenn ich in Pension gehe, fange ich an zu züchten», sagte Warnewski. «Bluthunde. Eindeutig die besten Hundenasen der Welt. Gehen bis ins zweite Jahrhundert zurück. Im Kloster Saint-Hubert in den Ardennen, dort haben sie angefangen. Dabei sind sie sehr anhänglich, etwas stur, aber anhänglich.»

Ich wurde den Eindruck nicht los, Warnewski beschreibe keinen Hund, sondern sich selbst.

Die Scheinwerferkegel der Wasserschutzpolizei befingerten die ziehenden Wolken am Nachthimmel.

Beim Anblick des Julensees erinnerte ich mich wieder an jene Oktobernacht vor fünf Jahren, als ich auf der Riverboat-Party von der MS Cecilienhof geworfen wurde.

79 «Die Sachen müssen weg», sagte Winnie.

Sie standen an den Fenstern und versuchten, draußen in der Dunkelheit etwas zu erkennen. Winnie sah ein Stück der Seestraße, Straßenlampen, das Schild vom Mühlenhotel. Göring lag vor seiner Hütte am Boden und hatte den Kopf auf die Vorderbeine gelegt.

Tom guckte als Einziger noch auf den Fernseher. Frauenboxen. Schweißnasse Schultern, Raubtierblicke. Tom machte sich Gedanken über seine neuen Freunde. Winnie war nicht blöd, im Gegensatz zu Erwin und Kutte, aber geklaute Ware bei eBay verhökern, das würde nicht funktionieren. Irgendwie hatte sich Tom eingeredet, dass er auf diese Weise das Geld für Kuba zusammenbekommen würde. Die Unterschrift der Eltern auf dem Visa-Antrag hätte er selber leisten können. Wie bei der Facharbeit, die er verhauen hatte. Es wäre jedoch zu wenig Geld. Und die Gefahr, dass die Sache aufflog, war einfach zu groß.

Tom wollte weg.

Noch war die Gelegenheit günstig, um auszusteigen. Er hatte sich nichts zuschulden kommen lassen. Mitwisserschaft, gut, das würde er einfach abstreiten. Diebesgut? Was für Diebesgut? Er wusste von nichts. Hier wollte er nicht dazugehören. Tom hatte zur Band gehört, zu Mia und Ralf. Er war ein Idiot gewesen, das aufs Spiel zu setzen. Das hier wollte er doch alles nicht. Paintball war in Ordnung, das machte Spaß. Aber der bescheuerte Einbruch in der Schule, damit wollte er nichts zu tun haben. Er hatte Oschi eins auswischen wollen. Das war ihm längst gelungen. Deshalb musste er sich ja nicht selbst ins Abseits bringen. Es musste reichen. Hier gehörte er nicht dazu. Er wollte auch nicht dazugehören.

«Die Ware muss weg», wiederholte Winnie, «einfach weg, egal wohin, in den Wald von mir aus, aber weg.»

Der Zeitpunkt war gekommen, und Tom stand auf.

«Ich gehe mal die Lage sondieren», sagte er, ging zur Tür und ins Freie hinaus. Keiner hielt ihn auf.

Göring hob kurz den Kopf, als Tom an ihm vorbeiging.

Tom wollte nach Hause. Und er wollte nachsehen, was im Ort los war. Das Handy hatte er heute gar nicht eingeschaltet. Nach seiner Schmiererei wollte er nicht zu erreichen sein.

Er ging nicht hinten herum durch den Wald, sondern hinunter zur Straße. Auf dem Platz neben dem Mühlenhotel zählte er vier Mannschaftswagen der Polizei. Er ging an ihnen vorbei und den Weg zum Haus hoch. Dort sah er den blausilbernen Polizeiwagen, sah das Licht im Haus und blieb stehen. Er versuchte die verschiedenen Dinge zusammenzudenken. Sein Graffiti am Kamin, der Einbruch in der Schule, Mitternacht, die Bullenwannen, ihr hell erleuchtetes Haus, die Polizei davor. Die Dinge wollten einfach nicht richtig zusammenpassen. Das ergab alles keinen Sinn.

Er ging den Weg wieder auf die Straße hinunter und machte sein Handy an. Auf dem Display sah er, dass er im Lauf des Tages über ein Dutzend Anrufe und Textnachrichten erhalten hatte. Von Mia, von seiner Mutter, seinem Vater, sogar von Lara.

Als Tom an einem der Mannschaftswagen vorbeiging, wurde eine Schiebetür geöffnet. Sie gab den Blick frei auf zwei Beamte, die an einem Tisch saßen, und Oschi, der ausstieg und vor ihm stehen blieb.

«Nelson ist verschwunden», sagte Oschi. Er sah schlimm aus, müde, krank und bleich.

«Wie verschwunden?», fragte Tom.

«Verschwunden. Wir suchen schon den ganzen Abend nach ihm. Er ist nach der Schule nicht nach Hause gekommen. Wir haben keine Ahnung, wo er sein könnte. Niemand weiß etwas.»

80 Finsternis und Gestank.

Die Wand kalt und schmierig. Sein Arm tat weh. Der Unterarm war aus dem Gelenk gedreht. Er fühlte sich geschwollen an und ließ sich nicht mehr bewegen. Nelsons Haare klebten nass an seinem Kopf.

Er hatte wieder und wieder erbrochen. Es kam längst nichts mehr hoch, aber er würgte weiter, als würde eine Faust in Nelsons Bauch drücken. Er stand bis zur Brust in der Jauche, den Rücken an die Wand gelehnt. Mehrere Male war er eingeschlafen und dabei tiefer in die Jauche gerutscht. Nun wurde er von Schüttelfrost gepackt.

Jule war wieder da gewesen.

Bleich wie der Mond. Mit einem langen dünnen Hals, an dessen Ende der Kopf hing. Sie trug ihren Kopf verkehrt herum in den Händen.

«Komm mit mir, Nelson», sagte sie.

Er wusste, dass er nicht mehr hochkommen würde, wenn er noch einmal eintauchen würde. Er war am Ende mit seiner Kraft.

Hoch oben über ihm war ein kleines Viereck, ein grauer Lichtschimmer. Von da oben war er runtergefallen. Er wusste nicht, wann das passiert war. Wie lange er schon hier unten war.

Wieder hörte Nelson das Raunen ferner Stimmen. Schon mehrmals waren von weit her Stimmen aus einem Rohr gedrungen, das irgendwo über ihm aus der Wand ragte. Und dann plätscherte plötzlich Flüssiges aus dem Rohr. Dann war es wieder still gewesen.

Jetzt aber schienen die Stimmen von ganz oben zu kommen. Schatten verdunkelten das graue Viereck. Plötzlich klatschte neben ihm etwas Schweres in die Jauche. Spritzer trafen sein Gesicht. Er hörte Stimmengemurmel von oben, sah Schatten. Dann flog wieder etwas herab, plumpste und spritzte.

Dreimal klatschte etwas neben ihm in die Jauche.

Dann blieb es still.

Nelson wollte rufen, aber es kam nur ein leises Krächzen aus seinem geöffneten Mund. Dann weinte er.

81 Kurz hinter Moritzer Heide stießen wir auf den Trupp Bereitschaftspolizisten mit dem Hundeführer. Warnewski achtete darauf, mit seinem Münsterländer genügend Abstand einzuhalten, um den Hundeführer nicht bei der Arbeit zu stören.

Der Mantrailer hatte eine Spur gefunden, und die führte nach Neumühl zurück. Es war faszinierend, dem Tier zuzusehen. Er lief nicht etwa mit der Nase am Boden wie ein Jagdhund. Er stand da und hielt die Nase in die Höhe gereckt, ging ein paar Schritte, blieb wieder stehen, als ob er etwas gelangweilt wäre. Er sah aus wie einer der Bluthunde, die in amerikanischen Filmen entlaufene Sklaven oder Mörder suchen. Lange Ohren und viel faltige Haut am Kopf. Aber der hier tat alles sehr ruhig und bedächtig. Er ging hin und her, vor und zurück. Immer wieder ging er ein Stück quer über den Acker, um dann wieder umzukehren. Der Hundeführer ließ ihn an einer langen dünnen Schnur gehen, wohin er wollte. So kamen wir nicht besonders schnell voran.

«Der Wind», sagte Warnewski, «der macht ihm schwer zu schaffen.»

82 Kutte trug zwei Drucker und stolperte über die hängenden Kabel.

«Pass auf, du Arsch!», zischte Winnie, der beinahe auf ihn draufgeprallt wäre. Winnie hatte das E-Piano unter den Arm geklemmt. Erwin trug die Flachbildschirme. Das war der Rest der Beute. Ohne sich dessen bewusst zu sein, folgten sie dem Verlauf des Abwasserrohrs, das unter ihren Füßen vergraben war. Am Ende des Grundstücks stiegen sie über den Maschendrahtzaun, der am Boden lag und von Hopfen durchwachsen war. Dann gingen sie rasch über das Gelände der Nerzfarm auf die runde Betonplatte zu, welche die alte Jauchegrube abdeckte. Sie beeilten sich, weil sie sich im Schein der Straßenlampe befanden und von der Straße her gesehen werden konnten.

«Wollen wir das Zeug nicht doch irgendwo verstecken? In den Nerzkäfigen? Dann können wir's später holen», schlug Erwin vor. Es tat ihm leid, die Sachen zu entsorgen.

«Ich will den Scheiß loswerden», sagte Winnie. «Sie sind uns auf der Fährte, hast du das noch nicht kapiert?»

Vor der viereckigen Öffnung knieten sie nieder.

Winnie schob das E-Piano in die Grubenöffnung und

ließ es fallen. Er lauschte dem Klatschen, das von unten hochdrang.

«Rein damit!», befahl er, riss Kutte einen Drucker aus der Hand und ließ ihn ebenfalls in das Loch fallen. «Da unten sucht bestimmt niemand danach, nicht mal Polizeitaucher.»

83 Nelson stand in der Jauche und hatte den Kopf an die Wand gelehnt. Er sah Wesen in der Dunkelheit, die um ihn herumschwebten. Weder Fische noch Vögel, obwohl sie beiden ähnlich sahen. Zarte bleiche Wesen, fast durchsichtig.

Nelson zog sich ganz in sein Inneres zurück. Sein Körper kam ihm riesig vor, groß und schwer wie ein Wal. Er spürte den Schlaf kommen. Der Schlaf fühlte sich an wie eine Decke, die um ihn gewickelt wurde. Der Schlaf würde ihn tiefer sinken lassen, und alles wäre dann vorbei, und er könnte sich endlich ausruhen.

Dann hörte er wieder Stimmen von oben, er sah Schatten über der Öffnung, und nochmals fielen schwere Dinge herunter und klatschten neben ihm in die Jauche.

Es spritzte, und Nelson wurde wieder wach. Dann schlug das letzte Ding neben ihm auf und versank mit einem glucksenden Geräusch.

Nelson blickte zum dämmrigen Viereck hoch.

Er nahm seine ganze Kraft zusammen und begann mit schwacher Stimme um Hilfe zu rufen.

84 Winnie hatte gehört, wie der letzte Bildschirm in die Jauche geplumpst war.

«Rumms, das hätten wir», sagte er befriedigt, starrte in die stinkende Finsternis unter ihm, als er plötzlich eine leise Stimme hörte, die zu ihm heraufdrang.

«Scheiße!», fuhr er erschrocken zurück. «Habt ihr das auch gehört?»

«Wat denn?», fragte Kutte. Sie beugten sich zusammen über das Loch.

«Wer ist da?», rief Winnie, und aus der Tiefe klang es ihnen nochmals ganz leise und schwach entgegen: «Hilfe!»

Erwin wich erschocken zurück und schrie die anderen aggressiv an, als hätten sie sich einen Scherz mit ihm erlaubt: «Verdammte Scheiße! Was soll das? Wer ist das?»

85 Wer weiß das schon, vielleicht gab es früher wirklich mal eine Müllersfrau mit Namen Jule. Vielleicht wurde auch mal eine Müllersfrau von ihrem eifersüchtigen Mann an einem Mühlenflügel aufgehängt. Die arme Frau war aber wohl kaum die Namensgeberin unseres Sees. Wohl eher lässt sich die Bezeichnung Julensee auf den Namen einer Äbtissin des Stiftes Quedlinburg zurückführen. In einer Urkunde ließ Kaiser Otto III. die Schenkung der Siedlung Neumühl mit den umliegenden Ländereien an seine Tante Jule Mathilde beglaubigen. Jedenfalls besteht Heribert Herbertz in seiner Chronik auf dieser Herleitung. Eine dritte Hypothese, der Name Julensee würde sich von einer Familie Julen ableiten, welche dem Ruf Friedrichs II. gefolgt und aus dem schweizerischen Wallis nach Neumühl eingewandert sei, lässt Herbertz nicht gelten. Warum er der einen gegenüber der anderen Theorie den Vorzug gibt, kann oder will er jedoch nicht belegen.

86 Winnie, Erwin und Kutte saßen in der Bude und stritten sich darüber, was nun zu tun sei.

Den Vorfall melden?

Dann erzählte das Kind womöglich, dass sie Dinge in der Jauche versenkt hatten.

Was sollten sie tun?

Abhauen?

Winnies Vater war in Tschechien. Dort konnten sie sich eine Weile verstecken, bis Gras über die Sache gewachsen war.

Und das Kind in der Grube?

«Wieso vermisst den eigentlich keiner?», fragte Kutte.

Dann hörten sie Göring Laut geben, kurz darauf trat Tom durch die Tür. Er war zurückgekommen, um sie vor größerem Blödsinn zu warnen. Die Polizei war nämlich nicht ihretwegen im Ort. Es ging überhaupt nicht um den Einbruch ins Schulhaus. Tom wollte sie davor bewahren, etwas Falsches zu tun und ihn womöglich auch noch mit hineinzuziehen.

Er kam herein, und Winnie, Kutte und Erwin schwiegen betreten.

«Was ist denn mit euch los?», sagte Tom. Dann sah er, dass die Sachen nicht mehr neben der Tür standen.

«Wo habt ihr das hingebracht? Die Bullen sind gar nicht euretwegen hier, die suchen meinen Bruder. Der Kleine ist nach der Schule nicht nach Hause gekommen.»

Die anderen schauten einander an.

«Ist was los?», fragte Tom.

«Sag's ihm», sagte Kutte zu Winnie.

87 Der Spürhund war im Zickzack über den Acker gelaufen und immer wieder zur selben Stelle zurückgekehrt. Es ging überhaupt nicht mehr weiter. Wir standen in einigem Abstand auf dem Sandweg herum, hatten unsere Akkulampen ausgeknipst und warteten.

Die Geschichte zwischen mir und Iris war auch im Sande verlaufen. Das war schon geschehen, lange bevor sie und Ballina sich getrennt hatten.

«Das wird nichts mehr», sagte Warnewski betrübt.

«Ich habe einen Tropfen gespürt», sagte Ballina. «Ich glaube, es beginnt zu regnen.«

Wir hatten uns noch nicht weit von Moritzer Heide entfernt.

«Ich könnte zu Fuß nach Hause, ist gleich da drüben», sagte Fritz Reiser. «Aber mein Wagen steht noch in Neumühl.»

Wir standen etwas müde und resigniert herum, als das Funktelefon des Hundeführers klingelte. Er fingerte das Ding aus dem Futteral und stellte die Verbindung her.

«Was?», sagte er und sprach dann laut, damit wir alle es hören konnten: «Wie geht es ihm?»

Wir waren alle schlagartig wieder wach.

«Okay, verstanden, wir kommen zurück», sagte der Hundeführer, steckte das Telefon weg und informierte uns: «Sein Bruder hat ihn gefunden. Der Junge ist in eine Jauchegrube gefallen und lebt noch.»

Es ging ein Aufatmen und Raunen durch die Männer.

«Wer kennt den Weg nach Neumühl?», fragte der Hundeführer.

Das war Warnewskis Stunde.

«Ich führe», sagte er energisch und ging mit seinem Münsterländer voraus.

88 Zwischen Neumühl und der benachbarten Ortschaft Zahlow führt eine Straßenbrücke über die sechsspurige Autobahn. Oschi stand am Geländer und schaute den Fahrzeugen entgegen, die aus Berlin heraus nach Süden fuhren. Angesichts der späten Stunde war immer noch erstaunlich viel Verkehr. Die Scheinwerfer der Autos blendeten ihn, bevor sie unter seinen Füßen und der Brücke hindurchrauschten.

Er glaubte nicht, dass Nelson wirklich etwas passiert war. Es würde sich als Missverständnis entpuppen, der Junge würde einfach wiederauftauchen. Vielleicht hatte er Angst vor dem Vorspiel gehabt. Nelson ist etwas eigensinnig in dieser Beziehung, dachte Oschi. Vielleicht hat er sich versteckt und ist eingeschlafen.

Oschi dachte an Tom. Er war es, den er heute verloren hatte, nicht Nelson. Tom hatte er verloren.

Die ersten Regentropfen riefen die Erinnerung in ihm wach. An den kleinen Jungen, der mit der Kapuzenjacke vorne im Boot saß und seinen Vater vertrauensvoll anlächelte, während dieser angestrengt versuchte, das Boot aufrecht zu halten und im starken Wind nicht zu kentern. Tom war erwachsen geworden, den kleinen Jungen gab es schon lange nicht mehr.

Oschi hatte eine neue Vision gehabt. In seiner Vorstellung stand er mit Tom auf einer Bühne und machte Musik. Die Vorstellung war sehr konkret: Er hörte die Musik, ihren Rhythmus, die Basslinie, er hörte die eigenen Akkorde, die er spielte, und er hörte Toms Stimme, die das Lied sang, das Oschi für ihn geschrieben hatte. Vater und Sohn standen zusammen auf der Bühne, und irgendwann zwischen zwei Strophen würden sich ihre Blicke treffen.

Das war seine Vorstellung von Glück: diesen Augenblick zu erleben. War das so vermessen gewesen? Hatte er so unverschämt viel vom Leben verlangt?

Heute hatte Oschi diese Vorstellung aufgegeben. Sie war albern, fand er. Er selbst war albern. Er hatte seinen Traum aufgegeben und merkte nun, dass an seiner Stelle nichts anderes mehr war. Nichts mehr. Er fühlte sich leer.

Vor einigen Monaten saß Oschi am Berliner Hauptbahnhof in einem Coffeeshop. Er kam von einer Bootswerft in Köpenick und wollte am Hauptbahnhof einen Cappuccino trinken. Dort saß er an einem Tisch und hörte ein Gespräch mit, das der Angestellte des Coffeeshops hinter der Theke mit seiner Kollegin führte. Es ging um einen Mann, der sich an diesem Tag von der obersten Etage des Hauptbahnhofs auf die Geleise gestürzt hatte.

«Ein Mann mittleren Alters», erzählte der Angestellte, «einer mit Anzug und Aktentasche, Geschäftsmann oder so, ganz seriös und unauffällig, der ist einfach von seinem Stuhl aufgestanden», er deutete auf Oschis Nachbartisch, «ließ den Espresso stehen, den ich ihm gerade hingestellt hatte, ging durch die offene Glastür nach draußen, ging einfach ruhig auf das Geländer zu und schwang sich hinüber, das sah fast elegant aus, und war einfach weg, mir blieb fast das Herz stehen, kannst du dir das vorstellen?»

«Scheiße», sagte die Kollegin.

«Das geschah völlig unerwartet, lautlos und gespenstisch», erzählte der Angestellte des Coffeeshops weiter. «Der Espresso stand da auf dem Tisch, die Aktentasche lag daneben auf dem Stuhl, im ersten Augenblick glaubte ich, das wäre eine Halluzination gewesen», sagte er.

«Wahnsinn», sagte seine Kollegin.

«Ich ging raus, warf einen Blick in die Tiefe und sah ihn. Er lag im untersten Geschoss auf dem Bahnsteig, ein Körper im grauen Anzug, in einer komischen Verrenkung lag er da, in einer dunklen Blutlache», erzählte der Angestellte.

Als Oschi den Cappuccino ausgetrunken und das Café verlassen hatte, warf er in einiger Entfernung einen kurzen Blick über das Geländer. Er konnte dort unten nichts Außergewöhnliches entdecken, aber die Tiefe war schwindelerregend und bedrohlich.

Es war nicht die Tiefe, die ihm Angst einjagte. Er fürchtete sich davor, einmal für einen kurzen Augenblick die Kontrolle über sich zu verlieren.

Er befürchtete, einmal etwas zu tun, was er gar nicht wollte, wenn er wirklich darüber nachdachte.

Er stand auf der Autobahnbrücke und hielt die Hände vor die Augen. Das gleißende Scheinwerferlicht blendete ihn. Seit jenem Tag im Hauptbahnhof hatte er sich einige Male gefragt, wie es wäre, sich fallen zu lassen. Einfach Schluss zu machen.

Bis jetzt hatte sich immer jene andere Vision davorgeschoben: Vater und Sohn nebeneinander auf der Bühne.

Dieses Bild fehlte ihm jetzt.

89 Warnewski hatte uns und die Beamten mit dem Spürhund auf dem direktesten Weg nach Neumühl zurückgeführt. Als wir die ersten Häuser erreichten, sahen wir zwischen den Bäumen das Blaulicht kreisen. Wir stiegen über den defekten Maschendrahtzaun auf das Gelände der Nerzfarm und hasteten den mit Unkraut und Sträuchern überwucherten Abhang hinunter. Warnewskis Münsterländer zerrte ungeduldig an der Leine, als ob er gemerkt hätte, dass wir am Ziel waren.

Die Polizei war da, Feuerwehr, Notarzt. Sie standen am Rand der runden Betonplatte, welche die Abwassergrube der Nerzfarm bedeckte. Der Schauplatz wurde von mehreren Scheinwerfern taghell erleuchtet.

Sanna kam mit dem Polizeieinsatzleiter von der Straße her und traf auf Auermann, den Ortswehrführer der freiwilligen Feuerwehr von Neumühl, der sich gerade über die Schachtöffnung der Grube beugte und dabei die Nase rümpfte.

Neben Auermann standen andere Feuerwehrleute. Neben ihnen Tom, der seinen Bruder gefunden hatte.

Widerlicher Gestank drang von unten hoch. Der Ortswehrführer kniete am Boden und blickte in die Grube hinein. Er richtete die Akkulampe nach unten und suchte die schmierigen Wände und die graue Oberfläche der Jauche ab. Dann erfasste der Lichtkegel in drei Meter Tiefe eine schmächtige Gestalt. Der Junge steckte bis zur Brust in der Jauche. Er blickte nicht hoch, er stand einfach da, als würde er geduldig auf etwas warten.

Auermann schaute zu den Personen hoch, die ihn umringten und nickte: «Er ist da unten.»

Sanna drängte ihn beiseite und wollte ebenfalls in die Grube gucken. Ohne Lampe sah sie aber nichts. Sie versuchte dem Ortswehrführer den Akkuscheinwerfer aus der Hand nehmen, aber er leuchtete für sie und ließ sie einen Blick hineinwerfen.

«Wir holen ihn raus», sagte Auermann, während sie ihren Kopf in die Öffnung steckte.

«Nelson!»

Sannas Schrei ging uns durch Mark und Bein. Auermann zog Sanna wieder von der Öffnung weg. «Wir holen den Jungen raus», versuchte er sie zu beruhigen, «aber zuerst muss der Arzt nach ihm sehen.»

«Rettungsgurte, Sicherungsseile, Winde», befahl Auermann den bereitstehenden Feuerwehrmännern.

Ein roter LKW mit Winde an der Front wurde in Stellung gefahren und zwei Klettergurte und Sicherungsseile ausgeladen.

Der Notarzt nahm den Akkuscheinwerfer und blickte ebenfalls nach unten. Nelson hatte den Schrei gehört und seinen Kopf zur Seite gedreht.

«Wie geht es dir, Nelson?», rief der Arzt.

Nelson antwortete nicht.

«Kannst du mich hören?»

Nelson bewegte wieder seinen Kopf, sagte aber nichts.

Der Arzt ließ den Lichtstrahl über ihn gleiten, dann drehte er sich zu den anderen um. «Er ist bei Bewusstsein, mehr kann ich von hier aus nicht sagen.»

«Ich weiß nicht, wie er überhaupt da hineingeraten ist», sagte Auermann.

«Durch das Loch gefallen», vermutete der Polizeieinsatzleiter.

Alle blickten den Arzt an. Er war ziemlich kräftig und würde niemals durch die enge Schachtöffnung passen.

«Wie sollen wir ihn da rausholen?», fragte der Einsatzleiter.

«Jemand muss zu ihm runter, aber da passt niemand durch», sagte Ortswehrführer Auermann, «wir müssen erst die Öffnung vergrößern.»

«Dann fällt Schutt auf ihn», entgegnete der Einsatzleiter, «wir müssen die ganze Platte abheben.»

«Bis ein großer Kran hier ist, kann das lange dauern», sagte Auermann. «Außerdem ist es ziemlich riskant, die Betonabdeckung anzuheben.»

«Schweres Gerät», rief Reiser, «und von der Seite in die Grube.» Sein Vorschlag wurde nicht beachtet.

«Was ist mit den Gasen?», fragte der Einsatzleiter.

«Das ist keine Tierjauche, sondern gewöhnliches Schmutzwasser, stark verdünnt», sagte Auermann, «sonst wäre der Junge schon lange nicht mehr bei Bewusstsein.»

Sie unterhielten sich über mögliche Vorgehensweisen. Sanna stand neben ihnen, kreidebleich vor Angst und Anspannung. Wir warteten alle auf eine Entscheidung. Warnewskis Münsterländer und der Fährtenhund beschnupperten einander ausgiebig und mussten von ihren Haltern an der kurzen Leine geführt werden.

«Ich passe da durch», sagte plötzlich jemand.

Es war Tom, der vor die Schachtöffnung trat und sagte: «Ich bin schmal genug.»

Das Loch in der Betondecke war nicht größer als ein A3-Blatt, aber Tom war wie viele Teenager sehr schmächtig.

«Das können wir nicht riskieren», sagte Auermann, dann rief er: «Wer ist denn der Leichteste unter uns?»

«Feller!», rief einer und wies auf einen untersetzten Feuerwehrmann, der hinzutrat.

«Zuerst gehst du rein», befahl ihm Auermann, «dann reichen wir dir die Rettungsgurte für den Jungen.»

Feller wurden die Rettungsgurte umgelegt und das Seil eingehakt. Auermann packte ihn von hinten um den Brustkorb und ließ ihn mit den Füßen voran in die Öffnung. Als er mit den Hüften in der Öffnung war, wurde es eng. Er legte die Hände flach an die Seite, dann wurden seine Arme aber eingequetscht.

«So geht es nicht», rief er und wurde nochmals hochgezogen. Auermann ließ ihn ein zweites Mal runter. Dieses Mal hob Feller die Arme in die Höhe. Er verschwand bis zur Brust in der Grube, dann blieb er erneut stecken.

«Keine Chance», stöhnte er.

«Ich passe da durch», wiederholte Tom, der bei den Versuchen schweigend zugesehen hatte.

Alle blickten ihn an, den schmächtigen Sechzehnjährigen in seinem T-Shirt, der seiner Mutter nun das Handy reichte.

«Wir sollten es versuchen», sagte der Einsatzleiter der Polizei, und Auermann nickte. Sie zogen Feller aus dem Loch. Ein Feuerwehrmann half Tom, den Rettungsgurt umzulegen. Ein anderer setzte ihm einen Helm mit Stirnlampe auf. Gleichzeitig erklärte ihm der Ortswehrführer, wie er Nelson den Gurt umlegen musste.

Das Drahtseil der Winde wurde eingehakt, und Tom wurde von Auermann unter den Armen gehalten und langsam in die Öffnung hinabgelassen. Toms Becken passte hinein. Dann musste er die Arme hochstrecken, so passte er gerade noch durch die Öffnung und verschwand in der Grube.

Das Letzte, was man von oben sehen konnte, waren seine Hände, die Tom wie zum Gebet aneinanderpresste.

90 Zwanzig Minuten später lag Nelson im Krankenwagen und wurde vom Notarzt mit Morphium und einer Infusion versorgt. Den Arm gleich vor Ort einzurenken, war es nun zu spät. Zuerst musste geröntgt werden.

Sanna saß neben ihrem Kind und hielt seine Hand fest.

Tom, der von der Jauche durchnässt war und dementsprechend stank, ließ sich von seiner Mutter das Handy zurückgeben, ging damit ein paar Schritte aus dem grellen Licht und wählte Oschis Nummer.

Während er dem Wählton lauschte, betrachtete Tom aus einigem Abstand die von Scheinwerfern erhellte Szenerie. Die Fahrzeuge der Feuerwehr, der Polizei und des Notarztes, das kreisende Blaulicht, die Männer in den verschiedenen Uniformen, die Leute aus dem Ort, die herumstanden und ebenfalls ein Handy am Ohr hatten, um die Nachricht von der Rettung Nelson Petris zu verbreiten.

Inzwischen hatte es zu regnen begonnen. Noch waren es unregelmäßige Schauer, die vom Wind vorangetrieben wurden.

Tom fühlte sich gut. Er konnte zwar noch nicht genau einordnen, was da eigentlich geschehen war, aber im Augenblick war er euphorisch. Er hatte die Polizei gerufen, nachdem Winnie und die anderen es vorgezogen hatten, mit dem Volvo zu verschwinden. Er war es, der seinem

Bruder den Rettungsgurt umgelegt und ihm zugeredet hatte, dass alles gut werden würde. Er hatte mit den Füßen im Grubenschlamm gestanden und zugesehen, wie Nelson über ihm langsam nach oben schwebte und durch das Loch hochgehievt wurde. In diesem Augenblick war Tom überglücklich. Es war das Beste, was er in seinem jungen Leben vollbracht hatte.

Und jetzt wollte er unbedingt auch derjenige sein, der es Oschi mitteilte. Dass sie Nelson gefunden hatten. Außerdem wollte Tom ihm versichern, dass er das Graffiti entfernen werde.

Tom hörte einige Male das Wählzeichen, dann ging die Mobilbox an und eine digitalisierte Frauenstimme sagte: «Der gewünschte Teilnehmer ist im Augenblick nicht zu erreichen.»

Die sprühenden Tropfen glitzerten vor den Scheinwerfern. Tom steckte das Handy wieder ein und ging in den hell erleuchteten Kreis zurück.